W9-CEF-673

Histoires de Noël

22, rue Huyghens, 75014 Paris
www.albin-michel.fr
Loi 49 956 du 16 juillet 1949 sur les publications destinées à
la jeunesse
N° d'édition : 12176   ISBN : 2-226-11861-6
Dépôt légal : novembre 2001

Bernard Clavel

Histoires
de Noël

Albin Michel

À Bernadette Cholat, qui sait si bien
préparer Noël.
B.C.

Sommaire

NOËL SUR L'OCÉAN

Au temps où les hommes blancs se croyaient encore supérieurs aux hommes noirs, une goélette chargée d'esclaves faisait route vers l'Amérique. Partie d'Afrique le 6 décembre, durant quatre jours elle fila vent arrière sur une mer qui semblait courir avec elle vers l'autre rive de l'Océan.

Puis, soudain, le calme plat s'installa. Comme ça, sans que rien ne l'eût annoncé. Alors le capitaine, le vieux Nickson, entra dans une terrible colère. Il réduisit de moitié la ration d'eau et de vivres de l'équipage, et ordonna qu'on laisse les Noirs jeûner quatre jours sur cinq.

Le soir du 24 décembre, le temps était

toujours le même. Sombre, l'injure à la bouche et le fouet à la main, l'énorme Nickson arpenta longtemps le pont avant de s'enfermer dans sa cabine. Il y resta deux bonnes heures, puis appela son second. Lorsque Le Gal entra, il comprit tout de suite que le capitaine était ivre.

– Le Gal, rugit Nickson, assieds-toi. Et ouvre cette bouteille, l'autre est vide.

– Capitaine, vous devriez vous coucher.

Le Gal n'acheva pas. Le poing du vieux s'abattit sur la table. Toute la cabine trembla.

– Ouvre cette bouteille, hurla Nickson, et laisse-moi boire tranquille. C'est sûrement le dernier Noël que je passe en pleine mer, il faut que ma carcasse s'en souvienne. Je veux être saoul comme trente-six timoniers.

Le Gal était un grand gaillard de vingt-cinq ans un peu gauche. Il ouvrit la bouteille de gin en marmonnant :

– Pourtant Capitaine... calme plat... rations... l'eau douce.

– Tu me rases, Le Gal ! Qu'est-ce que tu veux que je fasse avec de l'eau... Tant que j'aurai du gin, moi...

Le vieux se mit à rire. Puis, ayant vidé son verre, il s'accouda à la table et fixa son second un moment avant de dire :

– Le Gal, j'ai une idée : tu vas aller chercher ce vieux nègre, tu sais, ce macaque qui parle quelques mots d'anglais...

– Yamao ? Mais c'est impossible, il n'a rien mangé depuis le départ. Il ne pourra jamais monter de la cale.

Nickson se mit à hurler.

– Obéis, Breton du diable ! Si cette vieille charogne ne peut plus se traîner, apporte-le sur ton dos.

Quand Le Gal revint en soutenant le nègre, Nickson avait fait dresser trois couverts et poser sur la table de quoi prendre un véritable festin. Il les accueillit avec un gros rire.

— Tu vois Le Gal, il n'est pas bien lourd, ce paquet d'os.

Le Gal lâcha le Noir, qui dut se tenir à la table pour ne pas tomber.

— Mais il pue, Capitaine, c'est épouvantable.

Nickson riait de plus belle.

— Prenez place, dit-il. Allons, prenez place.

Les deux hommes obéirent. La lampe, qui se balançait doucement au plafond de la cabine, éclairait mal le visage anguleux du Noir où seuls brillaient ses yeux blancs. Ses mains et ses bras maigres tremblaient.

— Yamao, sale chien, depuis combien de temps n'as-tu rien mangé ?

Comme le Noir ne bronchait pas, ce fut Le Gal qui répondit.

— Il n'a rien pris depuis le départ, Capitaine. Il a toujours donné sa ration à une femme qui est enceinte.

— Formidable, Le Gal. Encore mieux que

je ne pensais. (Le capitaine s'interrompait sans cesse pour rire et marteler la table du manche de son fouet.) La première fois que j'en ai rossé un, ce vieux sac d'os m'a demandé d'être frappé à sa place.

— C'est peut-être qu'il ne sent pas les coups, qu'il est sorcier...

Le rire du capitaine se changea en rugissement. Il se mit à insulter son second, répétant sans cesse :

— Foutaise ! Superstition !... Ni Dieu ni diable !

Puis, revenant à Yamao, il reprit :

— Tu vas réveillonner avec nous. Tu vois tout ça ! On va manger, Yamao, manger et boire. Parfaitement ! Et après, tu iras raconter ça à tous les chiens de ta race qui pourrissent dans ma cale.

Le Noir fit non de la tête. Pendant un long moment, il refusa de parler, se contentant de plisser son visage en une grimace qui voulait être un sourire. Enfin, comme

Nickson furieux le saisissait à la gorge, il dit seulement :

— Yamao ne mangera pas. Yamao doit retourner vers ses frères.

Sa voix extrêmement grave était faible. Pourtant, elle résonna longtemps dans la cabine. Le Gal semblait mal à l'aise et Nickson lui-même parut un instant hésitant. Puis, se reprenant, il empoigna son fouet, dont il fit claquer la lanière sur l'épaule du Noir. Le sang perla aussitôt. Cette fois, le sourire de Yamao s'ouvrit vraiment sur ses dents blanches. De nouveau sa voix étrange emplit la pièce :

— Yamao n'a pas peur du fouet. Yamao doit retourner dans la cale.

Encore une fois, le capitaine demeura un instant le front soucieux puis, toujours rageur, mais d'une voix que Le Gal jugea moins assurée, il fit :

— Yamao, si tu refuses de manger, je vais t'étrangler. Et je montrerai ta carcasse aux autres en leur disant que tu es mort étouffé d'avoir trop mangé.

Le Noir haussa les épaules.

– Tu ne pourrais rien leur dire, ils ne comprendraient pas. Et puis, Yamao ne peut pas mourir à présent.

– Qu'est-ce que tu radotes ! hurla Nickson.

– Vous voyez bien, murmura Le Gal, qu'il est sorcier.

Le capitaine n'écoutait plus. Se levant soudain, il empoigna le cou du Noir en répétant :

– Dis-moi, dis-moi ce qui peut m'empê-cher de t'étrangler ?

– Pas à présent, souffla le Noir. Tu ne peux pas. Pas avant cette... cette chose... que tout le monde attend.

La poitrine de Nickson se gonfla. Les veines de son cou roulèrent sous sa peau. Tout son visage se plissa un instant puis, lâchant le Noir, il revint à sa place en grognant :

— Ce vieux est fou.

— Il faut le reconduire à la cale, proposa Le Gal.

— Tu as peur, Breton ? Allons, avoue que tu as peur.

Le Gal tremblait un peu. Il bredouilla :

— Noël, Capitaine... C'est Noël.

Il se tut soudain. La face du capitaine se contracta, ses yeux se durcirent encore et il se mit à crier :

— Tes chiens, Yamao ! Tes chiens noirs qui chantent. J'ai interdit. Interdit, tu entends !

— Je sais, dit Yamao en souriant... Mais ce soir, on ne peut pas empêcher... On ne peut pas, à cause de ce qu'on attend.

Lorsqu'il parlait ainsi, son visage n'était plus le même. Sa maigreur cessait d'être hideuse ; ses yeux s'éclairaient. Nickson qui s'était remis à boire ne cessait de répéter que le Noir était fou. Puis, riant de nouveau, il demanda :

— Allons, imbécile, explique ce que tu attends, explique !

— Yamao ne peut pas... C'est tellement extraordinaire que les gens comme toi ne peuvent croire que lorsqu'ils ont vu.

— Un miracle, glapit le capitaine, en se frappant les cuisses. Tu sais ce que c'est Le Gal ? Breton béni, un miracle ?

Cependant, de plus en plus fort, le chant des esclaves montait de la cale. Le martèlement sourd de leurs chaînes qu'ils frappaient en cadence sur le plancher ébranlait le navire.

Nickson but encore deux grands verres d'alcool puis, excédé, il lança son fouet à Le Gal en criant :

— Va faire taire ces chiens. Va ou je les extermine jusqu'au dernier.

Le Breton sortit et revint après quelques minutes. Il était pâle, ses mains tremblaient.

Plus présent que jamais, le chant des esclaves emplissait le navire. Lui arrachant le fouet des mains, Nickson obligea son second à reprendre le chemin de la cale.

— Non, gémissait Le Gal. Non, Capitaine... Pas cette nuit.

Mais Nickson titubant, soutenu seulement par sa colère, le poussait devant lui dans les coursives à peine éclairées. Vingt fois il faillit tomber en descendant les échelles. Et toujours ce chant et ce martèlement venaient à eux, de plus en plus forts, de plus en plus rapides aussi.

Lorsqu'ils atteignirent enfin le couloir de la cale, Le Gal s'arrêta.

— Avance, grogna Nickson.

Puis, comme il s'était lui-même approché, il cria :

— Qui a laissé la lumière aux esclaves ? Qui...

Il n'acheva pas. Yamao qui les avait suivis approcha de la porte et dit en souriant :

— Viens, viens... La grande chose... Elle est là... Tout près.

Nickson approcha lentement. Sa main s'ouvrit et son fouet tomba sur le sol. Par la porte de la cale entrouverte, une lueur chaude venait jusqu'à eux avec les voix des hommes et des femmes qu'ils percevaient à présent. Les corps à demi nus luisaient.

Le capitaine marcha jusqu'à la porte, suivi de Le Gal, qui avait peine à respirer. Là, ils s'arrêtèrent un instant. Tous les Noirs, dont les chaînes n'étaient plus rivées aux cloisons, s'étaient assemblés en cercle autour de cette lumière qui ne venait ni d'un feu ni d'une lanterne.

— Approchez, dit Yamao... Approchez.

Le cercle des Noirs s'ouvrit pour leur faire place.

— Tu vois, disait Yamao... tu vois comme il est beau... Est-ce que tu crois que ça ne valait pas la peine que je donne ma part à celle qui le portait dans son ventre ?

21

L'enfant était couché à même le plancher, à côté de sa mère. Il était noir comme elle, et pourtant, c'était de lui que montait la lumière.

Le Gal était tombé à genoux. Nickson s'inclinait vers l'enfant lorsque le navire fut secoué par une grande lame. En même temps, le sifflement du vent se mêla au chant des Noirs.

La voix encore mal assurée, Nickson bredouilla :

— Le vent... c'est le vent.

Déjà Le Gal se relevait.

— Les chaînes, Capitaine. Les chaînes.

Nickson eut encore un regard vers l'enfant noir et se mit à lancer des ordres.

— Appelle les tribordais, Le Gal. Qu'ils brisent les chaînes des Noirs et qu'ils jettent les boulets à la mer.

Un quartier-maître arriva en criant :

— Capitaine, nous sommes vent debout, il faut des hommes pour amener la voilure !

– Non, toutes voiles dehors. Virez de bord. Et qu'on mette le cap sur les côtes d'Afrique. Qu'on aille où ira le vent !

Le chant des Noirs n'avait pas cessé. Remontant vers le pont, Nickson demanda :

– Qu'est-ce qu'on entend, à présent ? Des cloches... Des cloches.

Il se passa la main sur le front en ajoutant :

– J'ai trop bu Le Gal. Il me semble que j'entends les cloches de Noël.

– Ce sont les fers des esclaves, Capitaine. Les fers qu'on jette à la mer.

Et, lorsqu'ils arrivèrent sur le pont, au chant des Noirs, au bruit des cloches, au sifflement du vent, se mêlait le chœur des matelots qui chantaient Noël en hissant les voiles.

Ainsi, depuis ce temps-là, les marins dont le navire passe en ce point de l'Atlantique la nuit de Noël peuvent entendre sonner le carillon de l'Océan.

MARIONNETTE

Un soir de 24 décembre. Il y a longtemps, très longtemps.

Le vent soufflait sur la forêt où la neige qui tombait du ciel se mêlait à la neige qui montait de la terre. Les arbres craquaient de toutes leurs branches, gémissaient de tous leurs rameaux couverts de givre. C'était partout comme une immense colère blanche née de la nuit, acharnée à cingler le grand bois de mille et mille verges glacées.

Dans le chemin des coupes, un homme marchait, la tête enfouie entre les épaules, le buste cassé en avant. Il portait sous son bras une cognée dont le manche soulevait sa pèlerine. Ainsi ressemblait-il un peu à quelque traîneur de rapière ou bien, lorsqu'une bourrasque faisait claquer les pans de son vêtement, à un oiseau maigre et apeuré.

Il s'appelait Joanès Buchard, et il était bûcheron de son état.

Il allait, s'arrêtant de temps à autre pour faire front à la tempête ou reprendre son souffle en cachant sa bouche derrière son col. Par instants, le froid était si vif, la bise si chargée d'aiguilles que Joanès étouffait. Sa gorge se serrait, comme brûlée par les flocons.

Il avait travaillé dans la coupe du château de Rochemont jusqu'à la tombée de la nuit, et la neige s'était mise à tomber alors qu'il avait à peine fait les premières lieues de son chemin. À présent, il se sentait si las, ses membres étaient si lourds qu'il avait à chaque pas envie de s'arrêter, de se laisser tomber au pied d'un arbre et de s'endormir enveloppé dans sa fatigue.

Il connaissait dans toute la forêt des huttes de branchages où il avait passé bien des nuits.

Elles n'étaient pas loin du chemin et il y pensait sans cesse. Dans une hutte on n'est jamais complètement à l'abri du froid, mais on trouve un bon lit de fougères, et puis, la neige finit toujours par boucher les trous de la toiture. La lassitude, la douleur des muscles, une fois que l'on se couche, vous font comme un duvet où l'on s'endort très vite.

Joanès Buchard pensait à tout cela, mais il se répétait aussi que cette nuit n'était pas comme les autres nuits de l'année.

Dans tout ce tapage du ciel et de la terre, dans ce remue-ménage invisible de la forêt, quelque chose répétait :

« C'est Noël, Joanès Buchard. C'est Noël, tu ne peux pas laisser ta petite Marion toute seule une nuit de Noël. »

Alors il repartait un peu plus vite, courbant davantage son grand corps osseux que les rafales secouaient comme un vieil arbre mort.

Il repartait le cœur gros, toujours plus gros à mesure qu'il approchait de sa chaumière.

C'était Noël, et Joanès Buchard, le bûcheron du château de Rochemont, n'apportait rien à Marion, sa petite fille qui l'attendait, toute seule dans la nuit d'hiver.

Lorsqu'il eut passé enfin le dernier tournant du chemin, Joanès aperçut une lueur rouge qui tremblotait entre les arbres. Il s'arrêta une fois encore – plus longtemps peut-être qu'il ne l'avait fait jusqu'à présent – soupira, puis, comme le vent s'éloignait en chassant le gros de sa colère vers les cimes des chênes, il repartit d'un pas plus ferme. Sous la neige dont la couche était à présent épaisse de plus d'un pied, la glace des ornières craquait à peine. Il y eut un temps de repos avec seulement le grésillement des flocons sur les feuilles sèches des charmilles, puis, de nouveau, ce fut la galopade des bourrasques. Au moment où Joanès Buchard atteignait sa demeure, une grande gifle de nuit ébranla le volet, se déchirant sur l'angle du toit de chaume avec un gémissement de bête. Le bûcheron ferma les yeux un instant, laissa s'éloigner la rafale et entra sans bruit.

Une bonne tiédeur lui sauta au visage, lui emplissant la poitrine et se glissant lentement sous sa pelisse.

Le quinquet était éteint, c'était seulement la lueur de l'âtre qu'il avait vu danser derrière le papier huilé de la lucarne. Il posa sa cognée contre le mur et s'approcha, les mains tendues à la flamme.

La petite Marion était là, immobile, assise sous le manteau de la cheminée. Enveloppée dans un grand châle rapiécé, le dos contre le mur noirci de suie, elle dormait. Le bûcheron se baissa pour voir son visage incliné vers sa poitrine. La petite souriait. Les flammes qui léchaient une énorme souche de foyard faisaient passer des ombres sur son front où les mèches de cheveux tremblotaient, soulevées par des bouffées d'air tiède.

Parfois il y avait dans le foyer un claquement sec avec un jaillissement d'étincelles. La petite tressaillait à peine, son sourire se crispait un instant puis reparaissait aussitôt.

Joanès hésita, se relevant lentement, il regarda encore l'enfant puis, s'approchant doucement, tout doucement, il la prit dans ses bras et l'emporta sur le grand lit, tout au fond de la pièce. Ici, la lumière venait à peine, et il faisait presque froid. Le bûcheron couvrit Marion avec les deux peaux de chèvre et la couette de plumes, puis il retourna s'asseoir près du feu.

Dans la marmite posée sur la cendre tiède, il restait une portion de soupe aux raves qu'il mangea avec un croûton de pain bis. Tout en mâchant, il écoutait la nuit qui secouait la porte et hurlait dans la cheminée. De temps à autre, un paquet de neige tombait dans le foyer où des braises s'éteignaient en fumant.

Quand il eut achevé son repas, le bûcheron demeura longtemps immobile, la tête dans ses mains, les yeux mi-clos à regarder danser le feu. Sa fatigue s'était engourdie en lui ; elle sommeillait comme une mauvaise bête prête à se réveiller pour mordre au moindre mouvement qu'il ferait. Joanès le sentait, il évitait de bouger. Mais il y avait en lui autre chose qui vivait. C'était cette pensée que Noël était là. Noël. c'était cette nuit, cette nuit mauvaise de gel et de colère. Noël, une nuit où les petites filles sages s'endorment en rêvant à des poupées gonflées de sciure, avec des cheveux de laine et de vrais vêtements. Des poupées qui ressemblent tellement à des petites filles qu'on s'attend à les voir remuer.

Des poupées comme celles-là, Joanès en avait vu parfois lorsqu'il était de corvée au château. Il en avait vu aussi dans le bagage de certains colporteurs... Il y pensait, mais il pensait surtout que Marion les avait vues comme lui.

Et, à mesure qu'il laissait aller ses pensées, à mesure que sa fatigue se figeait dans ses muscles, ses paupières s'alourdissaient. Bientôt, la lueur qui éclairait les bûches alignées à côté de l'âtre ne fut plus qu'une vague rougeur semblable à un couchant d'été, et la tête de Joanès s'inclina sur sa poitrine.

Dans son sommeil, Joanès avait gardé cette image des bûches alignées contre le mur. La lueur qui les frappait de biais faisait ressortir chaque nœud, chaque craquelure. Certaines avaient ainsi des formes curieuses. Comme des corps tordus avec des têtes bossues, des visage grimaçants. Lorsque le vent se fâchait, les flammes se rabattaient pour venir ramper sur la pierre de l'âtre et les bûches s'animaient. Les bouches se tordaient, une tête semblait se pencher vers une autre comme pour une confidence tandis que, plus loin, une face plus dure menaçait d'un rictus...

Soudain le bûcheron eut un sursaut. Il ouvrit les yeux et regarda les bûches. Elles étaient immobiles. Elles étaient bûches, bûches de chêne, de buis, mais bûches, tout simplement bûches.

Joanès se laissa de nouveau aller à sa fatigue et ses paupières s'abaissèrent lentement. Toutefois, lorsqu'il ne resta plus pour son regard qu'une toute petite fente, il lui sembla que, de nouveau, les bûches n'étaient plus tout à fait bûches. Il demeura ainsi, l'œil fixé sur la plus éloignée de toutes.

C'était une longue branche de cornouiller, un peu raide, avec une allure mauvaise, la tête légèrement inclinée sur le côté.

– La tête ?... Pas la tête, la bûche.

Joanès soupira.

– Décidément, murmura-t-il, je suis bien fatigué.

Et, posant son front dans sa main, il essaya de dormir un peu. Il aurait pu se coucher, mais il voulait demeurer encore à la chaleur du foyer qui séchait ses vêtement trempés.

Cette fois, il ferma complètement les yeux et se contraignit quelques instants à écouter le vent qui secouait la porte. Mais la bûche de cornouiller était toujours là. Il la voyait à l'intérieur de ses paupières. Tête inclinée... Gueule un peu tordue... Le cou... Le nez... Le nez...

– Mais... c'est Rogassou... Rogassou l'homme d'armes.

Le bûcheron avait prononcé ces mots à haute voix et il se tourna d'instinct vers la porte. Puis, se reprenant un peu, il regarda encore cette branche de cornouiller. En effet, éclairée d'une certaine façon, elle ressemblait un peu à Rogassou le mauvais homme d'armes du château. Rogassou, celui qui fouettait les malheureux lorsqu'ils n'exécutaient pas assez vite les corvées.

Rogassou était vilain, très vilain, tous les bûcherons se moquaient de lui en cachette.

Et parfois, pour Marion qui le détestait, Joanès s'amusait à imiter sa voix d'oiseau de proie en criant : « Je vous battrai tous jusqu'à vous briser les os. »

La petite riait... Mais si Rogassou avait su !...

Un long moment, le bûcheron demeura indécis. Il pensait à la fois à Noël, à Marion, à Rogassou, à son fouet, à la bûche de cornouiller, et tout cela dansait dans sa tête une affreuse sarabande qui finissait par lui faire mal.

Enfin, poussé par une force inconnue, il se leva, empoigna la bûche, revint s'asseoir et la coucha sur ses genoux. Tirant alors son couteau, il se mit à tailler dans ce bois tellement dur que le cœur semble venir jusqu'à l'écorce.

Malgré tout, son couteau y pénétrait comme il eût fait dans de l'aubier de saule. Les copeaux giclaient jusque dans le foyer d'où les flammes montaient plus allègres.

Le bûcheron taillait, taillait toujours de plus en plus vite. Et chaque fois qu'un copeau se détachait pour gicler dans le feu, c'était un peu de fatigue qui s'en allait aussi.

Bientôt, il eut si chaud, qu'il ne put garder sur lui que sa chemise. Le vent ne gémissait plus, il chantait. Le foyer pétillait, les flammes éclairaient toutes les bûches dont les visages se précisaient, souriants et moqueurs, avec tous, leur regard fixé sur Rogassou ; Rogassou cornouiller qui tournait comme une poupée entre les mains calleuses de Joanès.

De temps à autre, le bûcheron prenait la branche à bout de bras et la regardait en souriant.

Lorsqu'il eut achevé la tête de Rogassou, il tira d'une huche un vieux morceau d'étoffe, le déchira, et habilla la branche. Ensuite, passant sa main sous l'étoffe, il essaya de faire remuer cette espèce de vilaine poupée. Avec deux doigts il fit les bras et engagea la conversation avec son Rogassou.

– Alors, méchante crapule, dit-il. Tu n'en mènes pas large.

Le Rogassou de bois et de linge sale se trémoussait tandis que, contrefaisant la voix de l'homme d'armes, le bûcheron ricanait :

– Je vous fouetterai... manants, je vous fouetterai jusqu'à en perdre le souffle.

Joanès continua longtemps... Il était heureux, vraiment heureux car il pensait à Marion qui aurait demain un cadeau de Noël.

Mais soudain il sursauta et demeura figé.

Non, il n'avait pas rêvé, son Rogassou avait parlé. Il avait parlé tout seul.

Silence... Le vent même vient de se taire. Le feu ne chante plus. Et puis, d'un coup, emplissant toute la pièce jusque dans le fond de l'ombre, voilà que retentit le rire affreux de Rogassou. Un rire grinçant, plus aigre que la bise et qui n'en finit plus de courir d'un bout à l'autre de la pièce.

– Ah ! Ah ! Ah ! Buchard... Affreux manant... Poussière de poussière ! Tu te crois malin... Tu te crois le plus fort. Je te ferai fouetter, Buchard... Fouetter jusqu'à ce que tu en crèves !

À ce moment-là, Joanès sentit un grand froid qui montait le long de son échine. Abaissant son bras, il se retourna lentement.

Rogassou était là. Debout devant lui, plus grimaçant que jamais. Il était là, tellement semblable à celui qu'il tenait encore dans sa main que Joanès se demanda un instant s'il n'était pas en train de rêver. Mais Rogassou, le vrai, s'avançant à le toucher lui arracha son jouet et se remit à hurler :

– Ah, tu as bien ri, Buchard... À mon tour à présent. Et pour commencer, tiens !

Il lança la petite sculpture dans le feu.

Aussitôt dans les braises, le jouet se mit à gesticuler en poussant des cris perçants et d'un seul bond vint s'affaler aux pieds du bûcheron.

Rogassou avait pâli. Il se recula, la main à sa rapière, le regard fixé sur la poupée immobile.

— Sorcellerie, grogna-t-il, sorcellerie Buchard. Tu seras pendu.

Sa voix tremblait, mais quand il eut dégainé son épée, il sembla se ressaisir quelque peu.

— Ramasse cette... cette chose-là, ordonna-t-il. Et suis-moi.

— Mais, bredouilla le bûcheron... Mais... Je vous assure... Messire Rogassou...

— Rien à faire... Tu seras pendu cette nuit ou bien je ne suis plus Rogassou, homme d'armes de Rochemont.

Ayant dit, il piqua de sa lame le bras du bûcheron qu'il poussa à grands coups de pied vers la forêt où la nuit hurlait plus fort que jamais.

Lorsque Rogassou, poussant devant lui le bûcheron, pénétra dans la vaste salle du château de Rochemont, il se fit un grand silence. On était en plein cœur de la veillée et tout le monde s'était assemblé autour du sire de Rochemont pour attendre la messe de minuit.

Le seigneur se leva et vint se planter devant l'immense cheminée où sa silhouette se détacha dure et noire sur l'envol des flammes.

– Que m'amènes-tu là, Rogassou ? demanda-t-il.

Rogassou s'inclina.

– Un manant qu'il faut pendre, dit-il.

Le bûcheron qui n'avait que sa chemise était tout violacé. Et pourtant, la sueur coulait sur son visage et son dos. Dans sa main crispée, il tenait toujours la poupée à tête de Rogassou.

Lorsque l'homme d'armes eut raconté son histoire, le seigneur examina le jouet, le tourna et le retourna entre ses mains, puis déclara en riant :

— Il faut reconnaître que c'est très ressemblant.

Tout le monde approuva et les rires fusèrent.

Vexé, l'homme d'armes insista :

— Sorcellerie, dit-il... Ça saute... Dans le feu, ça saute tout seul.

Le seigneur s'amusa encore un moment à faire gesticuler la poupée et lui aussi imitait fort bien la voix de Rogassou.

— Un homme à pendre... Un sale manant... Un vilain.

Il l'imitait si bien que toute l'assemblée riait aux éclats. Rogassou, lui, était furieux et Joanès commençait à trembler un peu moins.

— Hé bien ! finit par dire le seigneur, nous allons voir si cette chose-là peut sortir du feu toute seule.

Et il jeta la petite sculpture dans le foyer.

Tout le monde s'éloigna de quelques pas,

sauf le bûcheron qui fixait la flamme. Puis, comme rien d'anormal ne se passait, le cercle se reforma. Le feu grésillait. La petite poupée n'était déjà plus qu'une braise parmi les autres braises.

Le bûcheron pensa à sa petite Marion et sentit des larmes monter dans ses yeux.

— Rogassou, dit le seigneur, tu es un imbécile.

L'homme d'armes s'éloigna de quelques pas.

— Quant à toi, reprit le sire de Rochemont, puisque tu es si habile, tu vas faire une autre petite chose comme celle-là, j'aimerais voir comment tu t'y prends, et puis, mes enfants s'amuseront certainement beaucoup d'un petit homme d'armes aussi drôle que ça.

On fit apporter quelques bûches et, pensant que c'était là le seul moyen de retrouver très vite sa liberté et de rejoindre Marion,

Joanès s'accroupit devant l'âtre, tira son couteau et se mit à l'ouvrage.

Presque aussitôt il retrouva la même ardeur qu'il avait connue chez lui, et les copeaux se mirent à crépiter dans le foyer. On apporta des morceaux d'étoffe et, le cercle s'étant encore rapproché, chacun put bientôt voir danser devant la lueur de l'âtre un petit personnage qui s'agitait au bout de la main du bûcheron.

Il n'avait pas été un instant maître de ses gestes. Il n'avait pas choisi de visage pour son personnage. Tout était dans le bois qu'on lui avait donné. De cette branche de frêne était sorti un visage, le seul qui eût pu en sortir.

Et quand ce visage se mit à remuer, quand le jouet s'anima, il y eut un moment d'effroi parmi l'assemblée.

Ce visage, c'était celui du seigneur de Rochemont. Et la voix de Joanès était aussi celle du seigneur comptant la dîme, ordonnant les corvées, distribuant les châtiments.

Un rire fusa, aussitôt réprimé : celui de Rogassou.

Puis, soudain, il sembla que la tempête pénétrait dans la salle. Le seigneur se mit à hurler si fort que l'on avait peine à comprendre ce qu'il disait. Arrachant le jouet des mains du bûcheron, il le lança dans le feu en criant :

— Sorcier ou non, qu'on pende cette vermine ! Qu'on le pende de suite et qu'on accroche au même gibet cet imbécile de Rogassou qui a osé rire de moi !

Aussitôt des hommes d'armes se précipitèrent. Et, parce qu'ils avaient peur de leur maître, parce qu'ils avaient tous eu plus ou moins à se plaindre de Rogassou, ils le hissèrent au gibet avant même d'y suspendre le bûcheron.

La lune venait justement de se montrer et, au moment où les soldats l'empoignaient pour lui passer le chanvre au col, le pauvre Joanès eut le temps de voir, balancé par le

46

vent, un Rogassou qui ressemblait bien moins au vrai qu'à celui qu'il avait fabriqué.

Puis la lune disparut derrière un nuage, et le bûcheron n'eut plus dans la tête que le bruit épouvantable de la grande colère de l'hiver.

– Joanès Buchard, nous n'avons plus de temps à perdre !

Le bûcheron sursauta. Ouvrit les yeux et passa sa main autour de son cou tout meurtri par la corde.

– Ce n'est plus le moment de rêvasser... Allons, au travail. Rogassou y est déjà depuis un bon moment, lui !

Joanès était assis devant sa cheminée. À côté de lui, il y avait un vieux bonhomme à barbe blanche qu'il lui semblait avoir déjà rencontré quelque part.

– Oui, oui, dit le vieux, c'est bien moi. Le Père Noël.

– Mais...

— Il n'y a pas de mais qui tienne. Regarde-moi tout ce travail que tu as à faire et ce brave Rogassou qui continue de t'en apporter.

En effet, Rogassou entrait en portant une énorme brassée de bûches de cornouiller. Et il souriait, Rogassou, et il avait l'air heureux !

Comme il se baissait pour poser sa charge, le bûcheron remarqua qu'il ne portait plus son épée au côté, mais une bonne grosse hache comme la sienne.

— Je t'ai emprunté ta hache, dit Rogassou en riant, mais ne t'inquiète pas, d'ici l'an prochain, j'en aurai une à moi.

Et il repartit vers le bois.

Alors, tirant son couteau, Joanès se mit à l'ouvrage.

— La première que tu vas faire, dit le vieux Noël, je voudrais qu'elle soit belle : une image de la douceur, avec un rien d'espièglerie.

Joanès chercha parmi les bûches, en choisit une à peine plus petite que les autres, puis, après un regard vers le fond de la pièce, il se mit à la besogne.

Les copeaux volaient, le couteau tournait si vite autour de la branche qu'elle semblait comme enveloppée par une petite flamme d'argent.

Quand il vit enfin le travail terminé, le vieux Noël hocha la tête en souriant.

– Oui, oh oui, murmura-t-il. Elle est juste comme je la voulais.

– Marion, soupira Joanès... Ma petite Marion.

Et Rogassou qui rentrait juste à ce moment-là s'écria :

– Comme elle est belle !

Il se tut, se pencha vers la petite poupée puis, d'une voix très douce, qui n'avait plus rien de commun avec celle du Rogassou que l'on avait tant redouté jadis, il murmura :

– Marion... Marionnette... Une petite Marionnette !

Toute la nuit, tandis que Rogassou apportait des bûches, tandis que Joanès taillait sans cesse le bois et que le feu dévorait les copeaux, le vieux Noël, sur son nuage tout effrangé par le vent, s'en fut dans le monde entier porter aux enfants sages le plus vivant de tous les jouets.

Au matin, quand Marion s'éveilla, son père dormait. Près de la cheminée où le feu achevait de s'éteindre, il y avait une douzaine de poupées merveilleuses. Chacune ressemblait à un personnage qu'elle connaissait bien, avec des bons et des méchants, des beaux et des laids, de quoi faire tout un petit monde.

Au château de Rochemont, les enfants du seigneur eurent aussi leurs marionnettes. Et lorsqu'ils sortirent dans la cour du donjon, ils virent que le vieux Noël en avait laissé tomber deux qui s'étaient accrochées au gibet. Le vent les balançait en chantant. De loin, on aurait pu croire à de véritables pendus.

LE GRAND VIEILLARD
TOUT BLANC

Il était une fois, sur une planète qui ne ressemble en rien à notre Terre, un monarque dont la puissance faisait trembler les peuples. C'était un homme étrange qui ignorait l'existence du bien. Comme tous les monarques de tous les temps, il vivait dans l'opulence et gaspillait, avec une insouciance insolente, les sommes que les agents de son Trésor prélevaient sur le revenu trop modeste de ses sujets.

Une seule chose l'intéressait : l'argent. C'était de sa fortune qu'il tenait sa puissance, et il n'avait peur de personne. Car, disait-il :

— C'est de ses amis qu'un homme doit se garder. Or, je n'ai que des ennemis. Ils me

craignent tellement que je n'ai rien à redouter d'eux. Telles sont les choses sur notre sol.
Quant au ciel, comme je n'y crois pas plus
qu'au diable...

Et il partait d'un gros rire gras qui secouait
son large ventre.

À force de mobiliser les gens et de faire
fabriquer des armes, il domina le monde. La
guerre de conquête fut longue et terriblement
meurtrière, mais le monarque se souciait
aussi peu du sang de ses soldats que des souf-
frances endurées par les populations asser-
vies. La terreur régnait sur le globe tout
entier. Par les nuits claires, il arrivait que le
maître montât sur la terrasse de son château
pour y contempler les étoiles. Ce n'était pas
qu'il fût ni poète ni savant. Simplement, il
se prenait à espérer qu'une planète viendrait
un jour à passer assez près de la sienne pour
que ses troupes puissent y débarquer et faire
de ses habitants de nouveaux esclaves.

Or, une nuit de Noël qu'il se trouvait ainsi

plongé dans la contemplation du ciel tout scintillant, le commandant des gardes de son château le rejoignit. Furieux qu'on ait osé troubler sa méditation, Sa Majesté se mit à insulter l'officier qui, habitué aux manières de son maître, demeura figé tant que déferla le flot d'injures. Enfin, lorsque le monarque se tut, l'officier dit :

— Sire, je vous demande pardon, mais si j'ai pris sur moi de déranger sa Majesté, c'est que l'affaire m'a paru d'importance.

— Quoi ! tonna le roi. Une guerre ! Mais avec qui ? Nous avons écrasé le monde.

— Pas une guerre, Sire. Mais un vieillard. Un grand vieillard tout blanc.

Le monarque se mit à grincer comme une énorme serrure rouillée, tandis que le chef des gardes tremblait de tous ses membres.

— Un vieillard ! Et c'est pour ça que tu me déranges ! Serais-tu pris de folie ? Ou de boisson ? Qu'on exécute ce vieillard sur-le-champ. Et toi, estime-toi heureux que je ne te fasse pas subir le même sort !

À voix basse, le monarque ajouta :

– Est-ce que je deviendrais bon, par hasard ?

– Me faire exécuter, répondit l'officier, ce serait possible, mais pour le vieux, ça m'étonnerait. Comme il m'importunait, j'ai voulu lui trancher le cou. C'est exactement comme si j'avais sabré dans le vide.

Persuadé qu'on se moquait de lui, le roi se retournait pour appeler des hommes et faire pendre l'officier, lorsque, en haut de l'escalier, apparut un vieil homme long et sec, dont la chevelure et la barbe blanches encadraient un visage éclairé par le regard limpide de deux yeux immenses.

Terrifié, le roi recula jusqu'à toucher des reins le garde-fou de la terrasse. Lentement le vieil homme s'avança. Et, plus il avançait, plus ses yeux ressemblaient à des étoiles baignées d'une belle brume lumineuse et transparente.

— Ne crains rien, dit-il. Je suis venu t'apporter la paix.

Sa voix était grave et profonde, mais avec une infinie douceur. Son pas ne faisait pas crisser la neige durcie par le gel.

— La paix, murmura le roi... La paix...

— Je sais, dit le vieux. C'est un mot que tu n'aimes pas.

— Moi, s'enhardit le roi, mais j'ai pacifié la planète entière. Avant moi...

Le vieux l'interrompit d'un geste pour dire très calmement, mais d'un ton ferme :

— D'accord, avant toi, c'était la guerre. Tu l'as menée plus loin que les autres. Tu disposes de millions d'esclaves, et tu rêves de conquérir les étoiles d'où je viens.

— Toi, mais qui es-tu ?

Le vieillard eut un petit rire pas méchant du tout, mais qui fit pourtant frissonner le roi.

– Qui je suis ? Un pauvre vieil artisan...
Tiens, puisque tu es de ceux qui ne croient
que ce qu'ils voient, je vais te donner un
aperçu de mon travail.

Avant que le roi ait pu esquisser le moindre geste, le vieillard lui prit son épée. En
quelques gestes rapides comme l'éclair, il en
fit une balance qu'il tendit au monarque
médusé :

– Désormais tu rendras la justice. Mais
une justice sans glaive.

Croyant qu'il avait affaire à quelque sorcier de village, le roi voulut appeler la garde,
mais le vieux l'en empêcha :

– Ce sont tes soldats que tu cherches ?
Tiens, en voilà quelques-uns.

Et il tira de la vaste poche de sa pèlerine
brune une poignée de soldats minuscules qui
se chamaillaient en piaillant comme des
enfants mal élevés.

– Voilà, dit le vieillard. Tu en as fait des
gens impossibles. Quand ils n'ont pas à

maltraiter les peuplades que tu as sous ta férule, ils se bagarrent entre eux. Mais moi, à présent que tu es un homme juste et bon, je vais te les rendre parfaitement innocents.

Ce disant, le vieil homme éparpilla les soldats sur la terrasse. À mesure qu'ils roulaient dans la neige, leurs armes disparaissaient et leurs uniformes se changeaient en vêtements d'écoliers. Quand ils se relevèrent de leur chute, ils avaient la taille d'enfants de cinq ou six ans. Ils riaient, et ils se prirent par la main pour danser une ronde en chantant à tue-tête :

– Notre roi est un homme juste et bon. Tire lire lon.

Et nous sommes de bons enfants. Tire lire lan...

C'est alors que le roi se réveilla, le front brûlant et les tempes battantes d'une forte migraine. Il se donna un moment de réflexion, puis, lorsqu'on lui eut servi son petit déjeuner, il fit venir le chef de sa garde et lui demanda s'il n'avait rien vu d'anormal au cours de la nuit.

— Sire, dit l'officier. Je n'ai rien vu qu'un grand vieillard tout blanc que mes hommes ont empoigné alors qu'il approchait de la poterne.

— Ah, fit le roi, et qu'en avez-vous fait ?

— Bah, dit l'officier. C'était un vieux fou. Il rêvait d'un monde sans soldats. Dans ce monde régnerait la paix. Il serait peuplé d'enfants innocents et gouverné par un roi juste, généreux.

Le monarque sursauta :

— Et où est ce vieillard ?

Le chef des gardes eut un large rire.

— Si Sa Majesté veut se donner la peine d'aller jusqu'à cette fenêtre. Elle le verra se balancer au bout d'une corde. Vous pensez, un illuminé qui parle ainsi à mes hommes, c'est malsain.

Le roi avait sauté de son lit. Suivi par l'officier, il courut à la fenêtre. Au gibet dressé sur la colline face au château, une corde se balançait au vent. Une corde où était suspendue la longue pèlerine du vieillard.

– Ça alors, bredouilla l'officier... Ça alors...

Et il se retira, persuadé que le roi allait entrer dans une grande colère.

Le roi se recoucha. Il passa la journée prostré, refusant même de recevoir son médecin.

Vers le soir, il appela son Premier ministre et lui ordonna de faire ouvrir les portes des prisons, de démobiliser les armées et de rendre leur liberté aux peuples asservis. Le ministre l'écouta poliment, mais, dès qu'il eut quitté la chambre du roi, il réunit le Conseil. Tout le monde tomba d'accord pour admettre que Sa Majesté avait perdu la raison. On enferma le roi. Puis, comme il n'avait aucun descendant, on nomma le Premier ministre chef suprême de l'État.

Et ce fut lui qui se prit à rêver de nouvelles conquêtes en regardant les étoiles.

Depuis lors, aucun vieillard aux yeux de lumière n'est plus jamais venu sur cette planète, un soir de Noël. Les atrocités continuent, et, lorsqu'on raconte l'histoire du vieillard tout blanc, c'est avec de mauvais rires, car, en un monde pareil, personne ne veut plus croire à la bonté.

JULIEN ET MARINETTE

Chaque année, dès qu'arrivait décembre, le petit Julien devenait très sage. À l'école, il s'appliquait beaucoup et évitait de se dissiper. Le soir, à la maison, il se hâtait de réviser sa table de multiplication. Puis il se mettait à écrire au Père Noël.

Il lui fallait toujours plusieurs brouillons. Sa maman corrigeait les fautes. Une fois proprement recopiée sur une page de cahier, il pliait sa lettre en quatre, la glissait dans une enveloppe et la confiait à sa maman qui y collait un timbre en promettant :

– Demain matin, en allant chercher le pain, je la mettrai à la poste.

Comme elle n'était pas riche, la brave

femme décollait le timbre et cachait la lettre dans un tiroir de sa commode, sous des serviettes de toilette. Elle aurait pu la mettre au feu, mais elle aimait tellement son petit Julien que tout ce qui venait de lui était précieux. Et puis, quand on est pauvre, on ne gâche pas une feuille de cahier qui n'a été utilisée que d'un côté.

L'année de ses six ans, Julien s'appliqua particulièrement : sa lettre faisait au moins dix lignes et comptait à peine une douzaine de fautes d'orthographe. Il avait mis grand soin à la recopier, car il demandait un train électrique. Et pas n'importe quel train. Pour être bien certain que le Père Noël ne se trompe pas, Julien avait précisé en soulignant d'un gros trait tiré à la règle :

« Celui qui est dans la vitrine droite du Grand Bazar, où tu achètes les jouets. »

Sa maman leva les bras au ciel.

– Tu es trop exigeant, mon petit ! Le Père Noël ne roule pas sur l'or. Si tous les enfants font comme toi, le pauvre homme sera désespéré. Il finira par ne plus faire sa tournée !

Mais Julien était têtu. Et la lettre était partie. Partie dans le tiroir, comme les autres.

Le matin du 25 décembre, levé bien avant sa maman, Julien descendit à la cuisine.

Il faisait très froid. Il avait neigé de bise toute la nuit. Le jardin dormait encore, tout blanc sous l'aube grise.

Dans les souliers qu'il avait posés devant la cheminée, Julien trouva trois oranges, un petit cornet de chocolats et une boîte qui lui sembla vraiment petite. Il se hâta tout de même de dénouer la ficelle rouge. Puis il déplia le papier bariolé pour découvrir quoi ? Un chemin de fer, mais minuscule : juste deux wagons, une locomotive dont il fallait remonter le mécanisme avec une clef, et une gare en carton.

Déçu, l'enfant se mit à sangloter en accusant le Père Noël de s'être moqué de lui. Il fallut longtemps à sa maman pour le consoler.

Julien finit par s'amuser avec ce petit train, mais sans y prendre beaucoup de plaisir. Car il pensait à l'autre, celui du Grand Bazar.

L'après-midi, la bise noire cessa de souffler et le soleil parvint à déchirer les nuages gris. Comme Julien sortait pour s'amuser dans la neige, il vit venir Marinette. Cette fillette de son âge avait perdu ses parents. Elle habitait chez sa grand-mère, tout au bout de la rue, en haut d'une petite maison triste sans jardin. Elle accourait en riant :

— Viens vite voir ce que le Père Noël m'a apporté... Vite !

Les enfants coururent dans l'escalier sombre qui conduisait à la mansarde. Assise devant une minuscule lucarne donnant sur le toit, la grand-mère ravaudait une blouse noire.

Julien avait très peur de trouver chez son

amie le train électrique dont il avait tant et tant rêvé.

Mais non, sur la table trônaient deux grosses oranges posées sur une assiette blanche. Marinette les lui montra en disant :

– Tu vois, le Père Noël a pensé à toi. Il en a apporté deux. Une pour moi, une pour toi : ma grand-mère n'en mange pas.

Julien prit l'orange que Marinette lui tendait et, sans comprendre pourquoi, il se mit à pleurer et partit en courant.

Un peu plus tard, il revint avec sa maman. Ses larmes avaient séché. Il portait un panier où il y avait des pommes rouges, des mandarines, une tablette de chocolat, un paquet de biscuits et un de ses plus beaux livres d'images.

La maman de Julien dit à Marinette :

– Le sacré Père Noël est bien gentil, mais il commence à se faire vieux. Le pauvre homme n'a plus toute sa tête. Il t'apporte deux oranges au lieu d'une, et voilà qu'il dépose devant notre cheminée un panier qui est pour toi.

Émerveillée, pleurant de joie, la petite Marinette ne pouvait plus prononcer un mot.

Julien ne pensait plus au chemin de fer électrique du Grand Bazar. Il regardait Marinette et c'était le bonheur de cette petite fille qui le rendait heureux.

Julien a grandi. Il est devenu un homme. Depuis ce jour de Noël, chaque fois qu'il lui arrive de désirer une chose inaccessible, il se dit qu'il y a toujours quelque part une petite Marinette que la vie n'a pas gâtée autant que lui.

HIÉRONIMUS

J'ignore quel était son véritable nom, tout le monde l'avait toujours appelé Hiéronimus. Il n'avait connu ni la gloire ni la fortune, mais un succès dont il s'était toujours contenté et une aisance qui lui avait longtemps permis de vivre dignement, dans deux petites pièces mansardées de la rue Saint-Georges, dans le vieux Lyon. Son grand bonheur avait été d'apporter la joie aux enfants. Hiéronimus avait passé son existence à courir la région du Lyonnais, la Bresse, le Jura, les premiers contreforts du Massif central et aussi une partie de la Suisse avec un petit théâtre de marionnettes qu'il animait seul, jouant tous les rôles, changeant de voix, imitant les animaux et poussant le *bel canto* lorsque besoin était.

Et puis, par un vilain début d'hiver tout de brouillard, de givre et de pluies glaciales, le montreur de marionnettes avait senti ses mains s'engourdir. Tout d'abord, il avait cru à la fatigue.

– J'ai trop joué ces temps derniers, s'était-il dit, faudra que je me repose un peu.

Il avait continué sa route sous la pluie, pour ramener sa charrette depuis les monts de l'Ardèche où le mal l'avait pris, jusqu'au cœur du vieux Lyon. Là, dans un dernier effort, il avait monté jusque dans sa mansarde la caisse peinte où dormaient ses petits comédiens de bois et de chiffons. Comme il n'avait aucune famille, Hiéronimus avait cogné à la cloison pour appeler sa voisine, une serveuse de restaurant d'une trentaine d'années qui vivait seule avec son petit garçon de huit ans. Denis était venu en courant et son sourire s'était éteint lorsqu'il avait découvert le vieillard allongé sur son lit, le teint olivâtre, le visage émacié.

— Mais qu'est-ce que tu as, père Hiéronimus, qu'est-ce que tu as ?

Le vieux s'efforça de rassurer l'enfant. Il dit d'une voix qui portait à peine les mots jusqu'au seuil de ses lèvres :

— C'est rien... J'ai dû prendre froid... Faudrait que ta maman me fasse de la tisane.

— Mais ce soir, père Hiéronimus, c'est le réveillon. Maman ne rentre que très tard...

D'habitude, la jeune femme était toujours là dans le milieu de l'après-midi, mais le vieux se souvint que les jours de grande fête étaient de longues journées de peine pour elle. Des journées ininterrompues.

— C'est vrai, murmura-t-il. C'est Noël... Je n'y pensais pas.

Soudain tout habité du rire que faisait naître en lui la joie du souvenir, Denis lança :

— L'année dernière, pour Noël, tu sais, on était tous les deux. Tu m'as raconté la crèche avec tes marionnettes ! Tu vas me la raconter encore cette année, hein ?

Le vieil homme eut un profond soupir qui souleva sa poitrine maigre et fit trembler sa longue moustache grise. Comme il allait parler, l'enfant se hâta de dire :

— L'infusion, je vais t'en faire, moi. Il y a de la soupe. Je peux t'en faire chauffer.

Avant même que le vieux eût soufflé mot, l'enfant disparaissait pour revenir, un moment plus tard, avec un bol de bouillon fumant. L'ayant bu, Hiéronimus se sentit un peu mieux. Il demanda à Denis d'ouvrir sa caisse et de lui donner ses marionnettes. L'enfant se hâta. Et, lorsque toute la troupe fut étalée sur le lit, le vieil homme choisit d'abord deux d'entre ses personnages pour les charger d'annoncer le spectacle. L'un s'appelait Guignol, l'autre Gnafron. Il eut bien du mal à faire entrer ses doigts engourdis dans les gaines. Et lorsqu'il voulut animer ses comédiens qu'il avait si souvent fait gesticuler, ce fut en vain. Ses doigts étaient morts. La sueur perlait sur son front. Des gouttes ruisselèrent qui se mêlèrent à deux grosses larmes roulant sur ses joues creuses.

Ses mains inertes retombèrent, et sa voix s'étrangla lorsqu'il dit :

– Fini, mon pauvre petit... Fini...

Il lui fallut un long moment pour se reprendre et pour expliquer presque calmement :

– Tu vois, le froid m'a engourdi les mains, mais peut-être qu'elles retrouveront vie à la fin de l'hiver. Seulement, je ne veux pas que mes marionnettes restent sans rien faire. Faut au moins que les enfants puissent les voir. Tu les porteras au musée de Gadagne, tu sais, avec toutes les autres.

– Je pourrais déjà en porter une ce soir. En courant vite, j'arriverai juste avant la fermeture.

D'un simple clignement des paupières, le

vieux approuva. Sans rien demander, l'enfant empoigna Guignol et bondit vers l'escalier.

Jamais il n'avait couru aussi vite. De rares flocons de neige volaient dans la lueur des devantures illuminées. En quelques minutes, il fut à la porte du musée. Il la franchit si vite que la caissière n'eut même pas le temps de réagir. « Il faut que je sois bien fatiguée, pensa-t-elle, pour voir passer des ombres plus rapides que des autos. »

L'enfant grimpa les marches de l'escalier en colimaçon qu'il connaissait bien pour l'avoir souvent escaladé avec le vieux Hiéronimus. Le musée était désert. Dès qu'il fut dans la salle réservée aux marionnettes du monde entier, l'enfant expliqua ce qui arrivait à son vieil ami. Aussitôt, Guignol se mit à remuer en réclamant :

– Lâche-moi donc, petit gone, tu crois que je ne saurai pas me débrouiller tout seul ! ?

Denis lâcha Guignol qui courut d'une vitrine à l'autre en s'agitant :

– Venez vite ! Dépêchons-nous. Il n'y a pas une seconde à perdre.

Les vitrines s'ouvrirent. Et les centaines de marionnettes à fil, à gaines, en cuir, en carton, en bois, de toutes tailles et de toutes couleurs, se précipitèrent dans l'escalier à la suite de Guignol. L'enfant avait peine à les suivre. Lorsqu'il franchit le seuil, il aperçut la caissière renversée sur sa chaise, qui portait ses mains à ses tempes en criant :

– Cette fois, c'est bien vrai, je suis malade !

Et bon nombre de Lyonnais bousculés par cette ribambelle de marionnettes en folie se demandèrent, ce soir-là, s'ils n'étaient pas victimes d'hallucinations.

Toujours à la suite de Guignol, ce petit monde grimpa jusqu'à la mansarde où le vieillard fiévreux attendait sur son lit.

Envahissant l'étroit espace de son logis, tous ces personnages se mirent à donner, pour lui et pour l'enfant émerveillé, le plus extraordinaire spectacle qu'on ait jamais imaginé. Des chansons, des danses, des musiques et des rires à n'en plus finir. Longtemps, jusqu'au milieu de la nuit, les marionnettes jouèrent et dansèrent, célébrant dans toutes les langues du monde la nuit de la Nativité.

À l'aube, lorsque la serveuse de restaurant rentra, son travail terminé, elle trouva Denis endormi au pied du lit de Hiéronimus, avec Guignol dans ses bras. Elle le porta chez elle. Puis, revenant auprès du vieil homme, elle lui ferma les paupières, tout étonnée que le regard d'un mort puisse être habité d'une pareille lueur de joie.

LE QUÊTEUX DU QUÉBEC

En ce temps-là, sur les rives du Saint-Laurent, sur les terres du lac Saint-Jean comme dans toutes les campagnes peu peuplées du Québec, la poste n'existait pas. Le peu de courrier qui circulait était confié à ceux qui avaient à se déplacer d'une paroisse à une autre. Il existait des messagers organisés, mais bien des habitants installés sur des lots très isolés, tout au bout d'un rang, affirmaient que les messagers les plus sûrs étaient les quêteux. Pas ceux qui demeuraient attachés à deux ou trois clochers. Non. Ceux que l'on pouvait considérer comme des hommes de longues distances. On les connaissait, on aimait les voir arriver. Dans bien des maisons, ils faisaient presque partie de la famille. Ils avaient leurs habitudes et mille choses passionnantes à raconter. Leur place était réservée, en quelque sorte, et, s'ils ne couchaient pas à l'étable avec les bêtes, ils dormaient dans un coffre à quêteux. Une longue caisse à couvercle qui pouvait servir de banc. On y mettait une botte de paille qu'on brûlait après le départ du visiteur, qui y laissait souvent quelques puces et quelques poux. Ceux qui étaient accompagnés d'un chien logeaient toujours à l'étable.

Les Tremblay habitaient une des demeures les plus éloignées du village de Saint-Télesphore, en plein cœur de la vaste plaine qui s'étend du fleuve Saint-Laurent à la rivière des Outaouais. Le père, qui avait fait cette terre avec son père, la mère, qui avait bûcheronné comme un homme, et les deux filles ne voyaient pas grand-monde. On devait marcher près d'une heure d'un bon pas pour se rendre à la messe, le dimanche. De loin en loin, d'autres fermiers venaient veiller. On chantait pour les fêtes et les épluchettes de blé d'Inde. Et on aimait cette vie saine, si proche de la terre.

Chaque année, quand approchait Noël, les Tremblay recevaient la visite de Jules, le quêteux. Un petit homme sec et solide qui ignorait son âge, mais semblait être dans la cinquantaine depuis au moins vingt ans que Victorien Tremblay le connaissait. Toujours vêtu du même capot de chat sauvage qu'un curé de Nicolet lui avait donné. Sur ses talons marchait un chien dont Victorien affirmait qu'il avait au moins trente ans. En réalité, Jules avait toujours remplacé son chien par un autre qui lui ressemblait et qu'il appelait invariablement Tim, même si c'était une chienne.

Victorien Tremblay avait une sœur qui, ayant épousé un habitant de Saint-Pacôme, près de la Pocatière, vivait là-bas, à des jours et même des semaines de marche de Saint-

Télesphore. C'est dire que l'on ne se voyait jamais. Cependant, on avait des nouvelles une fois l'an, quand passaient Jules et son chien.

Le quêteux arrivait toujours le 22 ou le 23 décembre. La première chose qu'il faisait, c'était de donner la lettre de Marie. La mère, si elle se trouvait seule à la maison, prenait l'enveloppe, la tournait et la retournait dans sa grosse main rouge et l'examinait avec beaucoup d'attention.

— C'est bien pour nous ? Certain ?

— Certain ! Tu peux regarder, c'est écrit dessus : Monsieur Tremblay Victorien, à Saint-Télesphore.

Comme la mère ne savait pas lire, elle n'avait aucune raison d'ouvrir la lettre.

— Je te demandais ça, c'est parce qu'on a dû t'en donner d'autres. S'agirait pas de se tromper.

Jules ouvrait une sorte de forte gibecière en cuir fauve et montrait les lettres.

– Certain que j'en ai pas mal. Tu sais bien comment c'est, à mesure que mon sac se vide, on me le remplit.

Il posait sa besace, s'asseyait, on lui servait du lait chaud et on attendait le retour du fermier. Les filles savaient lire, mais jamais elles ne se seraient permis d'ouvrir l'enveloppe.

Lorsque Victorien arrivait, il serrait longuement la main du quêteux, caressait l'échine maigre de Tim, qui demeurait collé contre la botte de son maître, puis, s'étant assis à la table, il prenait l'enveloppe qu'il examinait attentivement avant de tirer son couteau de sa poche et de fendre lentement le papier. Il se tenait de biais entre la table et le gros poêle à deux ponts où ronflait un beau feu. Il dépliait le papier et, tout de suite, il regardait la date. Puis il levait les yeux vers le quêteux et remarquait – par exemple :

– Tiens, tu étais en retard, cette année. Elle a écrit le 19 du mois de juillet, pour la Saint-Arsène.

– C'est vrai, reconnaissait Jules. D'habitude, j'y suis rendu vers le 15 ou le 16, mais
là, je sais pas ce qui s'est passé...

Et il se lançait dans un récit compliqué qui
les reportait parfois à Pâques. Il expliquait sa
route, relatait ses rencontres, parlait des
morts, des malades, des nouveau-nés. On
apprenait des choses sur des gens que l'on
ne se souvenait pas d'avoir jamais rencontrés,
qu'on ne recontrerait sans doute jamais, mais
qu'on croyait connaître fort bien parce que
Jules parlait d'eux chaque année.

Donc, alors que toute la famille écoutait,
le père se mettait à lire, s'interrompant souvent pour un commentaire. Et les mois d'été
revivaient ainsi au cœur de l'hiver. C'était
un peu comme si l'été du bas du fleuve avait
été apporté jusqu'à Saint-Télesphore par le
quêteux. La lettre se terminait toujours par :
« Bon Noël à tous. » Et ça n'étonnait personne, ces vœux de Noël venus du mois de
juillet.

La lecture terminée, le père disait :

– Demain, je leur répondrai.

On savait que Jules passerait Noël ici. Il ne reprendrait son chemin que le 26 décembre, comme il le faisait chaque année, et il emporterait la réponse.

Tout le village, tous les rangs d'alentour enviaient les Tremblay qui avaient la chance de célébrer Noël avec, à leur table, le quêteux venu de loin. Mais personne jamais, parmi ceux qu'il visitait dans les jours précédents, ne tentait de le retenir. On savait qu'il en était ainsi et nul ne cherchait à modifier l'ordre établi ainsi depuis longtemps. Même du temps du quêteux qui avait mené la même tournée avant Jules.

Or, cette année-là, à la mi-journée du 24 décembre, le quêteux n'était pas encore chez les Tremblay de Saint-Télesphore. La mère observa :

– C'est plus qu'inquiétant.

– Il aura été retardé, dit l'aînée des filles.

— Moi, fit Victorien, je le connais bien. Il n'est pas homme à prendre du retard sur sa *run*. S'il n'est pas là, c'est qu'il lui est arrivé quelque chose.

Le froid était vif, mais pas plus que de coutume à cette saison. Il avait neigé, quoique assez peu. En certains endroits, on devinait encore l'herbe de la prairie ou les terres des labours. Le nordet brossait le sol et de longues congères commençaient à se dessiner. De la fenêtre, on voyait l'immensité des terres nues courir jusqu'à la forêt. Un ciel limpide promettait un froid plus vif encore pour la nuit et les jours à naître.

Le repas de midi terminé, le père annonça :

— Je m'en vais me rendre jusque chez les Garneau. C'est toujours les derniers qu'il voit avant nous.

— Tu en as pour une bonne heure à faire l'aller et le retour, dit la mère. Nous allons

continuer de préparer la veillée et nous
ferons comme si tu devais revenir avec lui.

Victorien Tremblay chaussa ses bottes
fourrées, enfila sa grosse pelisse, coiffa sa
tuque de laine qu'il enfonça pour cacher ses
oreilles, plongea ses mains dans ses mitaines
de peau, empoigna son bâton et sortit. Sur le
chemin qui menait au rang, le nordet le prenait par le travers et lui mordait le côté droit
du visage. C'était presque bon.

— Ce n'est pas un vent comme ça qui a pu
venir à bout de ce vieux Jules. Il en a vu
d'autres !

Depuis longtemps, Victorien avait l'habitude de parler seul. Il parlait même à voix
haute et se réjouissait que le vent emporte
ses paroles et lui réponde par un miaulement.
La plaine était presque nue jusqu'à la forêt.
Les clôtures assez rares faisaient partie de
cette nudité. Elles n'étaient là, à cette saison,
que pour faire chanter un peu plus le nordet.
Des ormes solitaires étaient plantés çà et là,

et leurs branchages dénudés vibraient au vent.

En un peu moins d'une demi-heure, Tremblay avait atteint la ferme des Garneau, qui était à peu près semblable à la sienne. Une maison pour les gens, une autre plus basse et plus longue pour les bêtes, une troisième beaucoup plus haute et plus vaste pour la paille et le fourrage. La maison des Garneau, tout comme celle des Tremblay, avait été bâtie par les vieux, ceux qui avaient commencé de faire de la terre. Des hommes qui avaient le sens du pays. Ils en connaissaient toutes les forces et s'étaient arrangés pour que celle du vent dominant soit à leur service. La maison était orientée de telle manière que c'était le nordet qui, dès qu'il se levait, se mettait à balayer devant la porte. Jamais un brin de neige sur le seuil !

Quelqu'un devait observer le chemin, car la porte s'ouvrit dès que Victorien s'en approcha.

Félicie Garneau referma tout de suite derrière lui.

— Mon Victorien, je sais bien ce qui t'amène.

— Alors, vous l'avez vu ?

Elle fit non de la tête. C'était, elle aussi, une femme d'une cinquantaine d'années. Elle avait un long visage maigre et des cheveux gris coiffés en un chignon très haut perché.

— Mon Germain est parti vers les deux heures pour se rendre chez les Dupré. C'est là que Jules s'arrête toujours avant d'arriver chez nous. Il devrait être de retour et je me fais du souci.

Tout en parlant, elle avait avancé une chaise près du poêle et Tremblay s'était assis. Ayant enlevé ses mitaines, il tendait vers le feu ses larges mains râpeuses qu'il frottait vivement. Tremblay but un peu d'alcool de bleuet, puis il dit :

— C'est bon, m'en vas aller voir si je les trouve.

– Tu diras à mon Germain qu'y faut se rentrer. Noël arrive. Notre quêteux, il est peut-être resté à Montréal. Y a pas mal de monde qui se met à aimer les villes. Faut des vrais habitants comme nous autres pour aimer les rangs.

Elle parlait ainsi pour cacher son inquiétude, mais sa voix sonnait mal et son regard ne trompait pas.

Victorien se leva, boutonna sa pelisse, coiffa sa tuque et reprit sa route en direction de Rivière Beaudette car il savait que le quêteux s'y arrêtait toujours dans plusieurs maisons. Le froid paraissait moins vif et la neige commençait à tomber assez serré. Plus Tremblay avançait, plus son inquiétude grandissait. Alors qu'il approchait d'un tournant où le chemin bordait un bois, il vit Garneau qui sortait du couvert et se hâtait à sa rencontre. Dès qu'il fut à portée de voix, Garneau qui était un grand diable tout en os se mit à gesticuler :

— Arrive, mon ami... Arrive... Notre pauvre quêteux n'est plus !

Victorien sentit sa poitrine se serrer. Il avait toujours eu de l'amitié pour Jules, mais jamais encore il n'avait éprouvé à quel point il tenait à lui. Soudain, le regard troublé, il vit défiler devant lui tous ces Noëls passés avec le quêteux dans sa maison. Sans y penser vraiment, il venait d'éprouver le sentiment que désormais, Noël ne serait plus jamais vraiment Noël. Il bredouilla :

— Qu'est-ce que tu me racontes ?

— Il est mort... Tué pour quelques piastres.

— Quoi ?

— On l'a tué, je te dis. On a même abîmé son chien.

Ils enjambèrent un fossé, firent quelques pas entre les arbres et s'arrêtèrent devant le corps allongé sur le dos. Jules était tête nue, son bonnet ensanglanté à côté de lui. Du sang avait coulé de son crâne. Son sac était intact, mais sa sacoche aux lettres était ouverte et vide.

— Y a toujours des gens qui s'envoient un ou deux billets, fit Garneau. On l'a tué pour ça.

À côté de lui, son chien, qui portait une plaie à la tête, tremblait de tout son corps. Il grognait, mais n'aurait pas trouvé la force de mordre.

Garneau expliqua :

— Sans les grondements de cette bête, je l'aurais jamais trouvé.

Tandis que Victorien demeurait sur place à parler doucement au chien, Garneau courut atteler son cheval et revint avec un petit char où il avait ouvert une botte de paille. Ils y couchèrent le chien puis allongèrent un peu plus vers l'arrière le corps raide du quêteux.

— Faut le mener chez moi, dit Tremblay.

— Pourquoi pas chez nous, c'est plus près.

– Il a toujours passé Noël avec nous autres. Ce sera encore comme ça cette année.

– Là contre, j'ai rien à dire.

Les deux hommes n'échangèrent plus un mot jusqu'à la ferme des Tremblay. Là, ils déchargèrent le corps et le couchèrent dans le coffre du quêteux. Le chien fut soigné par les trois femmes et on lui fit un lit tout près du coffre.

– Tout de même, observa Garneau, c'est un crime. Faut aviser les autorités.

Il s'en chargea, mais nul ne vint ce soir-là, sauf le curé qui bénit le corps et promit qu'il dirait la messe des obsèques dès le 26. Les Tremblay s'étaient organisés pour veiller le mort toute la nuit.

Durant la messe de minuit, Victorien demeura seul. Seul avec le chien qui avait fini par s'endormir. Après la messe, il arriva beaucoup de monde, presque tout le village et les habitants des rangs étaient là. Le curé aussi qui prit la direction de tout.

— Tremblay, dit-il, tu es un bon parmi les bons. Mais Jules était un homme qui appartenait à tout le monde. Je n'ai dit que la première messe, restent les messes basses. On va le mener à l'église et c'est toute la paroisse qui lui fera son dernier Noël.

— Bien entendu, dit Victorien, mais il y a le chien. Et ce n'est pas la place des chiens dans les églises.

Le prêtre réfléchit quelques instants en levant les yeux au ciel, puis, avec un sourire un peu triste, il dit :

— Cette nuit, il y a l'âne et le bœuf. Je sais bien qu'ils sont en bois, mais ce pauvre chien ne bouge pas beaucoup plus qu'eux.

Tout le monde approuva. Victorien attela et, parce qu'il neigeait de plus en plus, ce fut sur sa traine qu'on chargea le mort et son chien. On les installa dans l'église où le prêtre célébra les messes basses. Puis la veillée s'organisa et il y eut toujours au moins dix personnes près du corps. Bien des gens pleuraient en disant que c'était une nuit très riche.

Trois jours après les obsèques, le chien se leva et se remit à manger.

Le matin du premier janvier, les Tremblay, qui allaient souhaiter la bonne année à des amis du village, l'emmenèrent avec eux.

Devant l'église, alors qu'il attachait son cheval à un crochet, Victorien vit Tim bondir de la traîne et s'élancer sur un individu qu'il renversa et mordit à la gorge. L'homme fut sauvé par l'épaisseur de son col. Plusieurs personnes se précipitèrent. L'homme était un rouleux qui, à plusieurs reprises, avait été surpris à chaparder.

— Tu as tué Jules, cria Victorien. Avoue ou je lâche le chien.

Terrorisé, l'autre avoua. Il fut arrêté et on apprit qu'il avait ouvert toutes les enveloppes avant de brûler le courrier dans un bois près de la route. En tout et pour tout, il avait récolté quatre dollars.

Il fut condamné et pendu.

Le chien du quêteux vécut très vieux. C'était une bête merveilleuse, mais il avait une manière de regarder la route, puis ses nouveaux maîtres pour leur dire :

— Venez donc, c'est en marchant toujours, toujours, que vous connaîtrez la vraie vie et que vous découvrirez le chemin du paradis.

LES SOLDATS DE PLOMB

Jadis vivait, dans les forêts d'Auvergne, un bûcheron qu'on appelait le Père Lormeau. Soixante années de misère pesaient lourd sur ses épaules. Son dos se voûtait un peu plus chaque jour. Sa poitrine se creusait. Une mauvaise toux l'obligeait parfois à poser sa hache et même à s'asseoir tant il avait peine à reprendre son souffle si la quinte se prolongeait. Parce qu'il ne pouvait plus travailler assez vite, le père Lormeau devait mener ses journées jusqu'au fin bout du crépuscule. Ainsi chaque jour, hiver comme été, dimanches et fêtes carillonnées, il ne rentrait chez lui qu'à la nuit tombée.

Car le seigneur de l'Aigle, son maître, veillait, prêt à faire usage du fouet ou de la corde.

Un soir de 24 décembre, la nuit toute
fouaillée de bise faisait gronder la forêt
comme une bête mauvaise, notre homme
venait à peine de quitter la coupe lorsqu'il
entendit crier entre les arbres.

— Hé ! là-bas, le bûcheron, attends-moi un
peu.

Il s'arrêta, fouilla l'ombre du regard, la
main crispée sur le manche de sa cognée. La
voix était bizarre, un peu aigre avec des into-
nations rauques. Les buissons s'écartèrent, un
peu de neige vola dans le vent et une forme
noire, toute rabougrie, s'avança en titubant
sur le chemin glissant.

— Où vas-tu, la vieille ? demanda Lormeau. Tu n'es point du pays.

— Que si, ma foi, ricana l'autre, je suis du
pays puisque je suis de tous les pays.

— De tous les pays ! Personne n'est de tous
les pays.

— Laisse... D'ailleurs tu n'as pas à te sou-
cier de moi. C'est de toi qu'il s'agit.

— De moi ?

— Parfaitement, de toi et de ton sort.

Cette fois, ce fut le bûcheron qui se mit à rire :

— Misère de sort ! Comme s'il ne suffisait pas de me regarder pour savoir qu'il n'y a pas pire que le mien. Les gens de mon espèce sont tous condamnés à crever au travail, le ventre creux et le dos labouré par le fouet !

La vieille haussa le ton et sa voix se mit à siffler comme la bise dans les ajoncs.

— Tais-toi donc, imbécile ! Tu parles de la mort sans même savoir ce que c'est...

— Plus tôt elle viendra, mieux ça vaudra...

— Chut ! cria-t-elle, et donne-moi ta main.

Le bûcheron tenta de résister. Tout cela sentait un peu la sorcellerie et il savait comment l'on punissait ceux qui se livraient à sa pratique. Mais la vieille avait une poigne de fer.

Elle lui saisit le bras et le contraignit à ouvrir la main.

— Tu n'y verras rien, dit encore le bûcheron.

— Pas besoin, j'ai des yeux au bout des doigts.

Elle se mit à palper la paume calleuse du Père Lormeau.

— Que veux-tu trouver là-dedans ? dit-il. De la misère. De la corne... Des crevasses. Va plutôt lire dans la main blanche du seigneur. Tu y verras un destin plus souriant que le mien. Et puis, si tu sais le flatter, tu y gagneras au moins quelques pièces d'or.

— J'ai déjà lu dans la sale patte de cette crapule, expliqua la vieille. Et ça ne m'a rapporté qu'une bonne raclée de bois vert.

Elle se tut soudain. Son doigt glacé devint brûlant et se mit à trembler en appuyant de plus en plus fort dans la main du bûcheron. La voix cassée, presque caverneuse elle souffla :

– Mais si j'avais pu y lire ce que je lis dans ta main...

La voix de la vieille baissa encore... Les mots avaient du mal à passer. Le bûcheron crut comprendre : « Enfants... Merveilleux... Éternité... Bonheur. » Puis, une rafale s'engouffra dans le chemin, soulevant un tourbillon de neige. Le visage cinglé par mille et mille épingles, le vieux ferma les yeux et baissa la tête. Quand la forêt s'apaisa, il était seul sur le chemin. Il hésita un instant, scruta l'ombre autour de lui et reprit sa marche, portant sa cognée et tirant son traîneau où était ficelée une énorme bûche de foyard.

Lorsqu'il entra dans sa chaumière, sa femme, Mathilde, et son petit garçon l'attendaient, assis l'un à côté de l'autre sous le manteau de la cheminée.

– Tu reviens bien tard, dit Mathilde. Je commençais à redouter un malheur.

Le bûcheron hésita. Il lui semblait encore

entendre la voix grinçante de la vieille. Il se reprit cependant, expliquant que le chemin était mauvais et que la bûche de veillée pour le seigneur était bien lourde à traîner.

— C'est vrai, remarqua sa femme, il faut encore que tu mènes cette bûche jusqu'au château.

— Sacrée bûche de Noël ! admira l'enfant. La nôtre est toute petite à côté. Et le réveillon ? Au château, ce soir, le festin durera toute la nuit. C'est le fils d'un soldat qui me l'a dit.

Le bûcheron et sa femme se regardèrent.

— Nous ferons griller des châtaignes, promit la mère.

— Les enfants du château ils ont...

La mère l'interrompit.

— Tais-toi ! Je connais des garçons qui n'ont même pas de châtaignes.

Puis, baissant la voix elle ajouta en regardant vers la porte :

– Et surtout, ne parle pas des enfants du château.

Le père avait réchauffé un peu à la flamme ses mains violacées. Il ferma sa houppelande dont il rabattit le capuchon sur son front et sortit. Mathilde le suivit pour l'aider à passer les bretelles de sa hotte.

– Te faire porter une pleine hotte de gui et de houx ! Pourquoi faire, Grand Dieu ! ? Pour mettre sur leur table. Dire que nous avons à peine du pain noir à mettre sur la nôtre !

La bise pinçait de plus en plus fort. Le bûcheron empoigna la corde raidie de sa luge et murmura :

– Rentre vers notre petiot. Si par hasard j'arrivais à attendrir un marmiton, j'essaierais d'avoir un morceau de pain blanc, peut-être un œuf. Tu pourrais faire des rissolées.

– Va mon homme, et surtout ne tarde pas trop.

Le Père Lormeau avait à peine grimpé le quart de la côte qui conduit au château de l'Aigle, qu'il sentit soudain une main se poser sur son épaule. Il sursauta. C'était la vieille. On la voyait à peine, noire sur le bois noir, mais ses yeux luisaient comme ceux d'un chat sauvage. Elle ricanait.

— Alors, bûcheron, tu vas servir ton maître pour la dernière fois !

Lormeau était trop essoufflé pour répondre. La vieille se pencha davantage vers lui et continua :

— Tu te dépêches, hein ? Tu les fais marcher tes vieilles jambes ! Tu as peur d'être rossé par les gardes ! De toute façon, tu le seras. Mais pour la dernière fois, c'est moi qui te le promets.

— Je me moque pas mal de tes sornettes... Si seulement mon pauvre petiot pouvait avoir un semblant de Noël.

— Il l'aura, ricana la vieille, il l'aura...

Et encore une fois le bûcheron crut la voir

fondre dans la nuit tandis que résonnaient des mots qui se confondaient avec les gémissements du vent « Merveilleux... Noël... Dernière fois... Tu verras... »

Il demeura quelques instants immobile. Malgré la morsure du froid, il sentait la sueur couler le long de son échine. À plusieurs reprises il appela la vieille pour en savoir davantage, mais rien ne répondit que la colère du vent qui luttait avec les arbres affolés. Le bûcheron reprit sa corde et se remit à tirer. Par endroits, le chemin était glissant et la pente si raide qu'il devait s'accrocher d'une main aux branches basses pour ne pas être entraîné par le poids de sa luge.

Lorsqu'il parvint à la lisière du bois, où le chemin traverse le replat d'une lande toute semée de genêts, il s'arrêta un instant. Là encore, alors qu'il venait de s'asseoir sur sa bûche, la vieille se planta devant lui et gronda :

– Ce sera long... Des milliers d'années

peut-être... Mais c'est aujourd'hui que tout commence... N'oublie pas, aujourd'hui.

— Mais quoi, qu'est-ce qui commence ? s'impatienta le vieux.

Il essaya de la retenir en s'agrippant à sa cape, mais il ne sentit dans sa main que la neige soulevée par la bise. Cependant, encore perceptible, la voix lança :

— Le temps viendra du règne des gens de ta race...

Puis, perdus dans le vent, des mots sans suite... « Travail... Bonheur... »

De l'autre côté de la lande, le château se dressait plus épais que la nuit, avec ses petits yeux de lumière clignotant comme des braises.

Le pont-levis était baissé sur le fossé gelé, mais la garde veillait. Les casques et les armures étincelaient sous les torches. Un soldat pointa sa lance et le bûcheron dut s'arrêter.

— C'est moi Lormeau, dit-il, humble serviteur de notre seigneur et maître.

– Qu'est-ce que tu tires derrière toi ?
demanda le soldat.

– La bûche...

Un sergent s'avança, le fouet à la main.

– Ah ! c'est toi, cria-t-il. Vas-tu filer plus
vite ? Ça fait plus de vingt fois qu'on réclame
ta bûche.

Comme il faisait claquer sa lanière, un
ricanement monta des profondeurs du fossé.
Les hommes d'armes empoignèrent des torches et se penchèrent sur la balustrade. Le
bûcheron s'avança aussi et vit la vieille
debout sur la glace, le visage levé vers eux,
qui les regardait en grimaçant.

– Alors, cria-t-elle, c'est comme ça qu'on
fête la Noël ! Il est vrai qu'on ne peut pas
demander d'être humain à des chiens qui ont
pour métier de faire la guerre !

– Te revoilà, sorcière, hurla le sergent. La
raclée que tu as reçue tantôt ne te suffit donc
pas !

La bouche de la vieille se tordit et son

ricanement se fit métallique lorsqu'elle reprit :

— J'ai été rossée pour avoir prédit à ton maître qu'il mourrait cette nuit et que sa mort marquerait l'heure d'un grand bonheur pour les enfants pauvres. Toi aussi tu mourras... Et tes hommes avec toi... Laisse-moi te dire encore que viendra bientôt la fin du règne des armes... Le travail des pauvres...

Une flèche partie d'un créneau siffla dans la lumière des torches. Il y eut sur la glace un claquement sec, de la poussière blanche scintilla comme un petit nuage d'argent et la flèche glissa en tournant sur elle-même de plus en plus lentement jusqu'à se perdre dans l'ombre.

La vieille avait disparu. Il ne restait plus à sa place qu'une grande étoile striant la glace.

— Cette vieille fripouille a fondu comme un flocon, dit le sergent.

— Je n'aime pas ça, remarqua un soldat en regagnant la voûte de la poterne.

— Bah ! lança un gros joufflu avec un rire qui secoua son ventre, si nous crevons cette nuit, ce sera la panse bien pleine. Je viens de faire un tour aux cuisines...

Le bûcheron ne put en entendre davantage. Tournant contre lui sa colère, le sergent le frappait du manche de sa lance. Il reprit la corde de sa luge et se dirigea vers les communs.

Dans la cuisine où il pénétra pour vider sa hotte, le Père Lormeau crut rêver. Il essuya d'un revers de main ses yeux que la chaleur faisait pleurer, et il regarda les longues tables de travail où s'alignaient les victuailles. Des dindons, des cailles, des perdrix et des gélinottes. D'énormes poissons et des fromages. Des entremets, de grandes corbeilles de pommes. Sa hotte était vide depuis longtemps que le bûcheron demeurait figé, incapable de quitter des yeux ces merveilles. Comme le chef s'éloignait vers les grandes cheminées pour arroser de graisse les gigots embrochés, un cuisinier s'approcha de lui. C'était Guigneton, dont le fils s'était un jour égaré dans la forêt et que seul le bûcheron avait pu retrouver.

— Approche ta hotte, souffla-t-il.

Lormeau obéit. Tout en surveillant le chef du coin de l'œil, Guigneton fit tomber dans la hotte une miche de pain blanc, quelques bas morceaux de volailles et des raclures de biscuits. Puis à haute voix il ordonna :

— Allons viens, bûcheron. Tu as assez traîné par là, ta place n'est pas ici.

Il poussa vers la porte le vieillard dont les larmes coulaient jusque sur sa barbe blanche. Avant d'atteindre la cour, ils s'arrêtèrent dans un petit réduit. S'étant assuré que personne ne les avait suivis, Guigneton ouvrit une grande caisse.

— Regarde ce qu'il a fait faire pour ses enfants.

Le bûcheron se pencha.

— Qu'est-ce que c'est ?

— Des petits soldats Ils sont en plomb. Du plomb fondu et moulé.. Tu vois, un archer, un cavalier, un sergent des gardes.

— Ils sont encore plus vilains que les vrais.

— Regarde aussi ceux-là.

Sur une petite planche, un groupe de soldats était fixé. Au milieu, un bûcheron à genoux, le dos ployé devant un énorme sergent qui levait un fouet.

— C'est pour apprendre à ses enfants comment un homme d'armes doit se conduire avec les manants, dit Guigneton.

Puis, après avoir hésité un instant, il prit le plus hideux des archers de plomb et le jeta dans la hotte du vieux en murmurant :

— Tiens. Pour ton petiot. Comme ça, lui aussi pourra rosser quelqu'un.

Le bûcheron eut un pauvre sourire et sortit très vite reprendre sa luge.

Dans la cour, il hésita. Ce que le cuisinier avait mis dans sa hotte ne pesait guère, et pourtant, elle lui semblait plus lourde que lorsqu'il l'avait apportée pleine de feuillage. Ici, la bise ne soufflait pas. Elle passait très haut, bondissant par-dessus les murailles du château, mais sa voix arrivait jusqu'au fond de la cour. Un instant, le bûcheron crut entendre crier la vieille : « Ton petiot... Un Noël pour ton petiot... » Alors, remontant ses bretelles d'un coup d'épaule, il marcha vers la poterne.

Le sergent et ses hommes d'armes étaient toujours là, riant et plaisantant à la lueur des torches.

— Tiens, voilà Trompe-la-Mort, ricana le gros joufflu. Encore quelques années et on verra clair à travers ce sac d'os.

Le vieux arrivait à leur hauteur.

— Bonsoir messeigneurs, fit-il, je vous souhaite une bonne nuit.

— Oh ! tu m'as l'air bien poli pour n'avoir rien à te reprocher, vieille bête, dit le sergent.

Il s'approcha du bûcheron. Comme il était

beaucoup plus grand que lui, il n'eut qu'à baisser les yeux pour regarder dans sa hotte. Il y plongea aussitôt la main pour en retirer la miche de pain encore tiède.

– Il a volé ! cria-t-il. Il a volé du pain.

Les soldats se précipitèrent et se mirent à frapper le père Lormeau qui tomba sur les pavés. La hotte se renversa, son contenu se répandit aux pieds des soldats qui continuaient de jurer et de cogner. Attiré par le tumulte, le seigneur de l'Aigle accourut. Ses hommes se calmèrent et formèrent un cercle autour du bûcheron. En quelques mots, le sergent expliqua ce qui s'était passé. Il montra la miche, les miettes de gâteau et les carcasses de volailles éparpillés sur le sol. Le seigneur se pencha, mit un genou à terre puis se releva plus blanc que neige. Il y eut une longue minute où la bise même se tut, puis sa colère éclata :

– Rien que pour le vol du pain tu avais

mérité la corde ! Mais cela... Tu as osé toucher à cela !

Il tenait entre ses doigts le petit archer de plomb.

– Qu'un porc ose salir de ses doigts un noble guerrier, voilà qui est proprement inconcevable.

Il s'avança du bûcheron dont tout le corps tremblait. L'empoignant par la barbe pour l'obliger à lever la tête, il demanda :

– Tu as peut-être volé le pain et la viande aux cuisines, mais ces soldats de plomb, il faut savoir où ils sont pour les prendre... Qui t'a montré leur cachette ?

Le vieux ne broncha pas. Sous sa barbe, son visage s'était durci. Il tremblait de moins en moins.

– Le fouet te fera retrouver ta langue, grogna le seigneur.

Déjà trois hommes se précipitaient. Ils arrachèrent la houppelande du bûcheron, le couchèrent à plat ventre sur sa luge où il fut bientôt ficelé à la manière d'une bûche.

— Que les coups soient bien alignés, du bas des reins aux épaules, ordonna le seigneur.

Le fouet siffla. Les trois premiers coups arrachèrent un gémissement au vieillard. Sa tête se souleva puis retomba et il se tut. Le soldat allait continuer de frapper lorsque le rire de la vieille s'engouffra sous la poterne comme une tornade. Le seigneur se retourna, dégaina son épée et, dans un grand geste magnifique, la pointa vers le pont-levis en hurlant :

— Archers, tuez-moi cet oiseau de proie.

Aussitôt trois hommes bandèrent leurs arbalètes et visèrent cette forme noire qui battait des ailes dans la neige.

— Allons, cria le seigneur, tirez !

Mais les hommes semblaient figés. Leur maître lui-même qui voulait se diriger vers eux pour les obliger à exécuter son ordre ne put faire un mouvement.

Il demeurait l'épée haute, la jambe droite en avant. De sa bouche grande ouverte ne sortait plus aucun son. Les autres soldats non plus ne parvenaient pas à remuer tandis que le bourreau tenait toujours son fouet dont la lanière restait en l'air comme un serpent gelé.

Peu à peu, la lueur des torches accrochées sous la voûte baissa, le groupe immobile devint de plus en plus petit. De loin en loin résonnait encore le rire de la vieille qui s'éloignait dans la forêt.

Quand les cloches de la chapelle se mirent en branle, sans que personne n'eût desserré ses liens, le bûcheron s'assit sur sa luge. Il se frotta les yeux, passa sa houppelande et releva sa hotte. Il allait s'éloigner lorsqu'il vit quelque chose de minuscule, dans la neige, à ses pieds. Il se baissa.

Il y avait là tout un groupe de petits hommes de plomb. L'un d'eux, le plus amusant, semblait crier comme un damné en brandissant une longue épée. Un autre, dont le visage grimaçait comme celui d'un fou, brandissait un fouet dont il menaçait une bûche de foyard ficelée sur une luge.

Le vieux hésita. Puis, jetant les petits soldats dans sa hotte, il murmura :

– Bah ! ils sont tellement ridicules qu'on ne peut pas les prendre au sérieux.

Il passa le pont-levis. Comme il allait s'engager sur la lande, un grand souffle d'hiver arriva tout chargé du son des cloches. La houppelande du vieillard se gonfla et il se laissa emporter. En passant au-dessus de sa chaumière, il laissa tomber dans la cheminée les petits soldats et les friandises. Puis comme sa hotte se remplissait à mesure qu'il y puisait, il fut obligé de faire ainsi le tour de la Terre en s'arrêtant à chaque toit... À chaque chaumière... Et depuis ce temps-là, chaque nuit de 24 décembre...

FAIT DIVERS

La neige tombait serré depuis un bon moment. Une mauvaise neige grasse et lourde qui ne couvrait que par places la route mouillée. Elle tourbillonnait dans le faisceau des phares. L'essuie-glace en poussait de larges paquets qui glissaient sur les côtés. Didier conduisait lentement sur cette route étroite. Il la connaissait bien, pourtant, chaque virage le surprenait. La grosse Mercedes empruntée à son père n'était pas équipée pour la neige et il redoutait le coup de frein et le tête-à-queue. Il serait en retard pour le réveillon et projetait de s'arrêter au premier village pour rassurer ses amis.

Il sortait d'une courbe lorsque l'accident se

produisit. Il ne vit absolument rien. Il y eut un choc à droite, un cri, puis un bruit de ferraille raclant le sol. La voiture s'immobilisa assez vite. Laissant les phares allumés, Didier sortit. À cet endroit, la chaussée en dévers portait une bonne couche de neige où sinuaient des ruisseaux. Il sentit tout de suite l'eau entrer dans ses chaussures basses. Il dut s'appuyer à la carrosserie glacée pour ne pas tomber. Dès qu'il fut à l'arrière, il découvrit un vélomoteur accroché au pare-chocs. Il avait dû le coincer contre le talus en virant trop court. La voix angoissée, il cria :

– Oh ! Vous êtes blessé ?

Rien. Rien que le crépitement de la neige lourde où se mêlaient de grosses gouttes glacées. Didier appela encore. Il regarda à droite de la voiture, mais le motocycliste avait dû tomber un peu plus haut, là où le reflet des phares ne portait pas. Un instant, Didier vit défiler la table du réveillon, les visages des amis, les rires, les emballages arrachés, les rubans éparpillés, au beau milieu desquels surgissaient des blessures ensanglantées et la mort.

Il se sentit soudain glacé. Et ce n'était pas la neige. Puis, se reprenant très vite, il revint à la voiture, mit en marche les feux de détresse qu'il avait oubliés en descendant et s'agenouilla sur le siège pour ouvrir la boîte à gants. Il savait que son père avait toujours une torche électrique dans sa voiture. Elle y était en effet. Une grosse lampe ronde, feu rouge d'un côté et projecteur blanc de l'autre. Il l'alluma et revint à l'arrière.

Il n'eut pas à chercher longtemps. Un corps était allongé sur le flanc, contre le talus, un bras tendu en travers de la chaussée, l'autre replié sur la poitrine. Le faisceau de lumière éclaira un visage d'homme portant une grosse moustache noire où s'accrochaient déjà quelques flocons. La tête était nue. Les cheveux aussi retenaient un peu de neige. Du sang coulait en haut de la tempe gauche. Didier s'accroupit. Les yeux de l'homme étaient mi-clos. La main de Didier se posa sur la joue.

— Oh ! Monsieur. Vous m'entendez ?

L'homme vivait, mais sans connaissance.

Didier sentit la sueur perler sur son front en dépit du froid. Il parla encore, empoigna la main nue de l'homme. Elle lui parut glacée. Il s'entendit dire :

— Je dois avoir la fièvre.

Puis, s'étant redressé, il tendit l'oreille. Il eût donné cher pour entendre un bruit de moteur. Mais le silence était total sur cette vallée déserte.

Ne jamais remuer un blessé avant l'arrivée des secours. Mais les secours, si je ne vais pas les chercher, ils ne viendront jamais. Je ne peux pas laisser cet homme ici. Si une autre voiture descend, elle l'écrase. Si je le monte sur le talus, c'est le remuer.

Didier retourne à sa voiture. Il vient

soudain d'être envahi par une onde de force. Il cesse de penser. Empoignant le vélomoteur, il le dégage en tirant de toutes ses forces et le traîne de l'autre côté de la chaussée où il peut le hisser sur le talus moins haut. C'est là, seulement, qu'il remarque quelques branches de sapin ficelées sur le porte-bagages. Ses semelles lisses tiennent mal. Il glisse et tombe assis dans un grand floc.

— Voye, le costard !

Il a un ricanement. Son réveillon est foutu. Il se le dit, et, en même temps, il sent ce qu'il peut y avoir d'odieux à penser à une fête quand la vie d'un homme est en jeu. Reprenant sa torche, il revient au blessé. Il l'examine quelques instants et se demande comment il va pouvoir le porter et l'installer dans la voiture sans lui faire courir trop de risques.

Ne jamais déplacer un blessé...

— Et merde ! Le laisser crever, quoi !

Didier éteint la torche et la glisse dans sa

poche. À tâtons, il engage ses mains sous les épaules de l'homme et soulève. Il tire. Le corps inerte glisse sur la route.

— De toute façon, il est déjà trempé.

L'homme est moins lourd que ne le redoutait Didier. Arrivé à la voiture, il peine un moment mais parvient assez bien à le coucher sur la banquette arrière, sur le côté, les jambes repliées. Comme les pieds pendent et risquent d'entraîner le corps, Didier va chercher sa valise. Dans le coffre, il y a dix paquets au moins enveloppés de papiers multicolores où scintillent des étoiles d'or. La valise coincée entre le dossier du siège avant et la banquette arrière sera un bon support pour les jambes du blessé.

Ayant repris place au volant, Didier repart. À présent, plus aucune vision de Noël ne l'habite. Il est tout entier à sa conduite. À ce qu'il croit le plus simple et le plus efficace pour cet inconnu qui saigne de la tête, là, derrière lui, et pour qui une seconde de perdue peut être fatale.

Sur Lyon aussi la neige tombe mêlée de pluie et transforme les rues en bourbier. Je pourrais m'arrêter au premier village pour téléphoner. Mais à présent que l'homme est dans la voiture, que peut-il gagner à en être tiré et porté dans une ambulance qui mettra peut-être une éternité à venir ?

Didier a mis moins d'une demi-heure pour gagner l'hôpital. Il a eu une altercation assez vive avec un employé aux « entrées ».

– Pas normal. La police. Gendarmerie. Ambulance.

Didier a crié fort en demandant si la vie d'un homme dépendait d'une formalité à remplir.

– Je signerai toutes les décharges que vous voudrez, mais, au nom du ciel, qu'on le soigne !

Un interne attiré par ses cris est arrivé

Il a tout de suite fait porter le blessé dans la salle d'opération des urgences. À présent, une petite femme toute ronde est venue prendre la place du fonctionnaire grincheux qui s'est retiré derrière une cloison de verre martelé. Didier demande ce qu'il doit faire.

– C'est un parent à vous ?

Il raconte l'accident. Une infirmière apporte le portefeuille de l'homme. La petite boulotte le prend et l'ouvre. C'est un vieux portefeuille en plastique noir recollé avec de la bande adhésive bleue. Une carte d'identité écornée et crasseuse porte la photographie de l'homme sans ses moustaches. Front bas, visage rond. Didier le voit bien mieux ainsi qu'il ne l'a vu sur la route ou sur la civière. L'employée lit à haute voix :

– Léon Proteau. Né le 6 mars 1942 à Duerne. Ça lui fait juste quarante ans. Domicile : les Côtes à Craponne.

– On ne sait pas ce qu'il fait ?

– Non, Monsieur. La profession n'est

jamais mentionnée sur la carte nationale d'identité.

Les mains potelées aux ongles longs et rouges sortent d'autres papiers. La photographie d'une femme avec deux enfants. Un autre garçon plus grand.

– Il y a un bulletin de salaire.

Elle le déplie.

– C'est la dernière quinzaine. Parrisot, maçonnerie à Brindas. Il est manœuvre. Deux mille cent dix francs pour quatre-vingt-seize heures.

Didier répète le chiffre. À peu près cinq fois moins que son argent de poche.

– Je pense qu'il faudrait prévenir chez lui.

L'employée hésite un instant, puis :

– Je vais essayer d'appeler la gendarmerie la plus proche. Seulement, je ne vois pas où elle se trouve.

– Est-ce que je peux téléphoner pour moi ?

– Vous avez des cabines tout de suite à gauche. S'il vous faut des pièces...

– Merci, j'en ai.

Didier éprouve à présent l'impression d'avoir un peu échappé au temps. Il entre dans la première cabine et compose le numéro des amis chez qui il se rendait. Il raconte rapidement.

– Tu veux que je vienne ?

– Non, je vous rejoindrai quand je pourrai.

– Est-ce qu'il faut prévenir tes parents ?

– Pas la peine de leur gâcher leur soirée. Ça ne changerait rien.

– Tu as raison.

Derrière la voix de Jean-Pierre, d'autres voix. Des rires. De la musique. Noël. Noël qui commence. Il raccroche. Il vient de plonger un instant dans un monde qui, pour cette soirée au moins, s'est fermé à lui. Il revient au guichet.

– J'ai pu avoir les gendarmes, dit la petite

boulotte. Avec l'état des routes, ils sont débordés. Puisque le blessé est là et que vous ne contestez rien, vous irez vous présenter demain matin.

— Est-ce qu'ils vont prévenir chez lui ?

— Celui que j'ai eu ne sait même pas où ça se trouve.

Didier réfléchit un instant. Avec un regard en direction du couloir par où la civière roulante s'en est allée, il demande :

— Ça va être long ?

— Je ne peux rien savoir.

Silence. Le grincheux mange derrière sa cloison de verre. On voit son ombre qui porte à sa bouche un énorme sandwich.

— Sa femme doit l'attendre.

— Vous savez, c'est souvent comme ça, les accidentés.

Didier marche quelques instants de long en large, puis, sans réfléchir vraiment, il revient au guichet et annonce :

— Je vais y aller. Si sa femme veut venir, je la ramène. Sinon, je reviendrai seul.

— Ma foi...

La petite boulotte paraît surprise. Mais elle se contente de lever ses mains rondes pour les reposer doucement sur sa banque luisante.

Didier a pu rouler un peu plus vite dans les rues où une averse serrée a lavé la neige pourrie. La pluie continue de tomber. La circulation est très maigre. Il a à peine croisé deux ou trois voitures entre la sortie de Lyon et Craponne. Le village paraît désert. Didier s'arrête devant une grosse maison dont les fenêtres sont éclairées. Porte de chêne, lourd marteau en forme de main tenant une boule. Il cogne. À l'intérieur, les voix se taisent. Un temps. Un pas sur des dalles. Une vieille femme en tablier blanc ouvre. Elle porte dans les plis de sa jupe noire une odeur chaude de viande rôtie.

— Les Côtes, mon pauvre Monsieur, par ce temps !

— Mais je suis en voiture.

— Justement, vous n'irez pas au bout et vous risquez bien de vous embourber.

Elle explique où l'on peut s'arrêter et qu'il faut un gros quart d'heure à pied pour monter.

Remerciements. Porte refermée sur la bonne odeur de fête. Nuit mouillée.

Didier repart. L'idée de renoncer pointe son nez, il la repousse aussitôt. Gagne très vite le chemin de traverse à l'angle duquel il peut garer sa voiture sur le terre-plein ménagé par les Ponts et Chaussées et qui n'est qu'à moitié occupé par deux tas de gravillons. Il laisse ses veilleuses allumées, enfile sur sa veste mouillée son manteau qu'il avait étendu sur le blessé. Prend sa torche et s'engage dans un raidillon où même une 2 CV ne passerait pas. La neige et la pluie ont transformé ce sentier en un ruisseau de boue. Au point où en sont ses chaussures, à quoi bon éviter les trous. Il patauge. Il patauge le plus vite possible.

En moins d'un quart d'heure il atteint un replat. À travers le tissu serré du déluge, il devine une lueur dont le reflet s'étire, strié de vent. Ici, c'est un vrai marécage. Il manque s'étaler plusieurs fois.

Avant de frapper à la porte, il regarde vers l'intérieur par l'unique fenêtre éclairée. Petite table carrée où quatre couverts sont mis, cuisinière noire comme jadis. À côté, une femme assise sur une chaise avec un enfant sur ses genoux. L'enfant tourne le dos. Dans un recoin, un petit meuble en tôle émaillée qui porte un réchaud. À côté, une bouteille de gaz. Didier a une boule de foin dans la gorge. Il hésite puis se décide à frapper.

— Qu'est-ce que c'est ?

En même temps que la voix de femme, une voix d'enfant.

— C'est toi, P'pa. Nous fais pas peur.

La boule de foin passe mal.

– Je suis bien chez Léon Proteau ?

– Qu'est-ce que vous voulez ?

– C'est pour votre mari.

– Entrez.

La porte coince.

– C'est l'eau, dit la femme en aidant.

Didier entre. La femme est petite, assez bien faite. Dans la trentaine. Brune aux yeux noirs. Son visage crie la peur.

– Soyez sans crainte. C'est pas grave. Mais il a eu un accident...

Elle soupire.

– Je le savais. À pareille heure ! Je voulais pas qu'il monte... Où il est ?

– À l'hôpital. Vous en faites pas, c'est pas grave.

Didier ne sait rien, mais il ne trouve pas d'autre mot.

L'enfant paraît muet. Il est resté sur la chaise, immobile et raide, le regard fixé sur la poitrine de Didier. Sa petite main se lève. D'une voix à peine perceptible, il murmure.

— M'man, y saigne.

Didier baisse la tête. Son manteau beige porte une large tache brune.

— Seigneur, mon Dieu, dit la femme.

Didier sent qu'il faut aller vite. Éviter les mots. Les économiser le plus possible.

— Si vous voulez, Madame, j'ai ma voiture en bas du sentier, je peux vous conduire à l'hôpital tout de suite.

La femme regarde sa table dressée. Son fourneau noir. Elle dit :

— J'avais préparé une soupe aux choux, et je voulais faire des crêpes. Ma pâte est faite.

Elle semble se reprendre d'un coup. Changeant de ton, elle poursuit :

— Et les petits. Je peux pas les laisser. Je peux pas.

En parlant, elle s'est tournée vers l'angle de la pièce que Didier n'a pas encore regardé. Il y découvre deux lits serrés l'un contre l'autre. Sur celui de gauche, une petite fille est couchée toute vêtue.

– Je vais les préparer. Mais qu'est-ce qu'il a ? Comment c'est arrivé ? À quel hôpital il est ?

La femme enfile les questions l'une derrière l'autre sans attendre de réponse. Elle a levé la fillette qui grogne en dodelinant de la tête.

À présent, ils sont tous les quatre dans l'entrée de l'hôpital. La petite boulotte leur a dit que ce n'est sans doute pas bien grave, mais que l'interne est occupé avec un autre blessé. La femme de Léon Proteau est assise sur le rebord de la longue banquette de moleskine. Elle tient son sac sur ses genoux et, contre le sac, le portefeuille qu'on vient de lui rendre, qu'elle n'a même pas ouvert. La fillette dort dans un fauteuil. Le garçon est à côté de sa mère. Raide, exactement comme elle. Son regard va de Didier qui marche de long en large à la petite boulotte dont la tête ronde semble posée à même la banque. Dans dix minutes il sera minuit.

Des pas. Derrière la porte vitrée, trois blouses blanches approchent. La boule de foin remonte dans la gorge de Didier. L'interne s'avance vers lui. Deux infirmières vont vers les bureaux. La femme se lève, son fils collé à elle. Tout de suite, c'est l'interne qui parle. Beau sourire dans son visage bronzé.

— Bien moins grave qu'on aurait pu croire. Petit traumatisme. Trois jours. Seulement, il a une petite fracture de la clavicule. C'est ennuyeux, mais pas dangereux.

— Est-ce que je peux le voir ?

— Si vous voulez, mais sans le réveiller. Il y a deux autres patients dans la chambre.

Didier prend le bras du garçon :

— Reste près de moi.

L'enfant ne souffle mot, mais son regard est implorant.

Un profond soupir. Une larme perle.

Didier se sent encore plus embarrassé que pour charger le blessé dans sa voiture.

– Est-ce que tu aimes les trains électriques ?

L'enfant a un haussement d'épaules.

– Viens.

– Et mon papa ?

– On revient tout de suite.

Didier sent monter en lui une onde de chaleur. Il entraîne l'enfant. Arrivé au sas d'entrée, il dit :

– Attends-moi ici.

Il court. La pluie tombe moins fort. Il ouvre son coffre et prend un grand paquet habillé de rouge et d'or. Puis un autre plus long et moins large. Il revient en courant.

– Tiens, pour toi. L'autre c'est pour ta sœur.

L'enfant paraît assommé.

– Prends. Allons, c'est pour toi.

Le garçon prend la grosse boîte et va la

porter sur la banquette à l'endroit où sa mère s'était assise. Il la contemple.

— Je peux ouvrir ?

— Bien sûr.

La petite main hésite. Didier pose l'autre boîte à côté.

Alphonse la regarde et dit :

— Non. D'abord ma sœur.

— Mais elle dort.

Le garçon s'approche de sa sœur avec la boîte qu'il serre contre sa poitrine. La petite boulotte s'est levée derrière sa banque et observe. Didier casse la ficelle dorée et aide l'enfant à défaire le papier. D'une longue boîte, ils sortent une énorme poupée qui pousse un cri aigre et ouvre les yeux.

— Simone... Simone... C'est pour toi.

Alphonse lui pose la poupée sur les genoux et court vers l'autre boîte. Là, c'est un train. Un grand train électrique avec ses rails, ses aiguillages, sa gare, sa locomotive et ses wagons rouges.

Le garçon reste muet, les mains jointes, les yeux immenses. Il n'a pas remué d'un pouce lorsque sa mère revient. Elle aussi ouvre des yeux immenses. Didier s'excuse.

— J'allais chez des amis, comme je n'irai pas... J'ai pensé...

Il se tait. Une question l'habite : est-ce que j'ai déjà été si heureux pour Noël ?

C'est stupide.

Comme il se retourne, son regard croise celui de l'employée qui sourit.

La mère parle aux enfants, puis elle dit que son mari dort mais qu'il a l'air très bien.

— Je vais vous remonter chez vous.

— Tout de même, on vous fait bien des misères.

Ils ont repris la route. Il ne pleut plus mais tout étincelle. Derrière, les enfants ne cessent de parler. La femme ne sait que répéter :

— Mon pauvre Léon, il était monté leur

couper des branches de sapin. On avait des bricoles à y mettre, mais c'était rien. Rien du tout à côté de ça.

Elle se retourne pour lancer :

— Faites attention. Les abîmez pas.

La joie de Didier monte. Elle est un fleuve que toute cette pluie tombée tout à l'heure fait déborder.

Quand il s'arrête au bas du chemin, la femme dit :

— Je saurai bien remonter, Alphonse peut marcher.

Didier hésite. Puis prenant sa torche, il dit :

— Non, il y a d'autres choses à porter.

Il va à son coffre. Il l'ouvre et sort les autres paquets.

— Faut que tout le monde m'aide.

Ils arrivent à tout prendre et c'est la petite qui ouvre la marche avec la lampe.

— Éclaire pas le ciel, éclaire le chemin.

Elle rit. Son frère rit aussi.

— Mon pauvre Léon, soupire la mère.

Ils montent. Ils sont bientôt dans la petite maison d'une seule pièce qui sent la soupe aux choux. Toutes les boîtes sont sur les deux lits.

— Mais c'est pour quoi faire ? demande la femme.

— Pour vous.

Didier se dirige vers la porte. Il ouvre. Il y a un silence entre eux quatre avec tout le poids énorme de ces paquets enrubannés.

— Tout de même, répète la mère (puis se reprenant soudain), vous êtes tout trempé.

— Un peu.

— Vous habitez loin ?

— Roanne.

— Mon Dieu !

Encore le silence. Puis, comme Didier va sortir, elle dit en rougissant :

— Si j'osais, je vous offrirais bien une assiette de soupe.

Didier referme la porte.

– Eh bien ma foi, je ne dis pas non. Le temps que mes vêtements sèchent un peu.

Et les ficelles claquent, les papiers se déchirent tandis que le feu reprend vie sous le faitout d'aluminium. De tous ces papiers sortent une pipe d'écume, deux flacons de parfum, un carré de soie, un camion à benne, une petite boîte en argent ciselé, des chocolats, des marrons glacés, un beau portefeuille en cuir fauve.

Didier regarde la pièce. Jamais encore il n'était entré dans un intérieur aussi modeste.

Il va s'asseoir à table, devant cette grosse assiette posée sur la toile cirée à carreaux. Plus lentement, son regard fait le tour de la pièce. Quand il croise celui de la femme, celle-ci répète :

– Tout de même... tout de même...

Lorsqu'elle verse dans les assiettes le bouillon gras brûlant, une buée odorante monte. Tout devient flou. Didier se demande s'il ne pourrait pas vivre là, les coudes sur la table, dans une espèce de petit bonheur auquel il n'avait jamais pensé. Il ferme les paupières un instant. Quand il les ouvre de nouveau, tout est beaucoup plus flou. À travers une larme, il voit danser autour des enfants heureux mille et mille étoiles de Noël.

L'APPRENTI PÂTISSIER

C'était Noël. Noël sans neige. Avec un froid sec dont l'intensité augmentait à mesure que venait le soir.

– Allez l'arpète. File mettre une toque et une veste propre, il y a des courses à faire !

Cet aboiement du patron m'avait tiré de mon demi-sommeil. La chaleur du laboratoire où s'affairaient le chef et ses seconds, le manque d'air dans cet antre qui empestait la vanille, le chocolat, le café ; le ronronnement sourd de la broyeuse et puis, surtout, la fatigue d'une journée commencée à deux heures du matin : je m'endormais. Oui, je m'endormais debout dans le recoin mal éclairé, tout au fond du laboratoire, entre le foyer du four et ce grand pied que je sentais toujours prêt à partir en direction de mon postérieur, cette lutte que je menais sans relâche contre le sommeil m'interdisait toute pensée.

Maintenant que je trottais dans la rue avec ma corbeille sur la tête, je me sentais plus à l'aise. Avant de partir j'avais vu, alignées sur la table de l'arrière-boutique, toutes les commandes que je devais livrer au cours de la soirée. Il était six heures après midi et un coup d'œil rapide sur les fiches portant l'adresse de chaque client m'avait laissé espérer que je ne remettrais pas les pieds au laboratoire ce soir-là. Trois mois d'expérience me suffisaient. Je savais que quel que fût le temps que je mettrais pour faire mes courses, je serais, à mon retour, gratifié d'une semonce. Le patron, qui connaissait fort mal le métier et n'osait jamais faire une remontrance aux ouvriers, s'en prenait toujours aux apprentis. Dès qu'une erreur quelconque était découverte il était inutile de perdre son temps à chercher le responsable : c'était moi, invariablement. Une crème était-elle manquée ? j'avais mal lavé la bassine. La brioche refusait-elle de lever ? on m'avait vu ouvrir la porte de l'étuve et la pâte avait « pris un coup d'air ». Les chaussons étaient-ils brûlés ? j'avais trop chauffé le four. C'en était souvent grotesque. Et pourtant je ne me souviens pas d'en avoir ri une seule fois.

J'encaissais sans mot dire remontrances et taloches et je me vengeais en crachant chaque matin dans le bol de chocolat du patron. Oui, je le reconnais : pendant deux ans j'ai craché tous les jours dans le petit déjeuner du patron. J'avais quatorze ans. J'étais rosse... peut-être. Mais je ne regrette rien. Et puis j'estimais qu'en gagnant vingt-cinq francs par mois pour faire en moyenne quatre-vingt-dix heures de travail par semaine, servir d'exutoire à la mauvaise humeur du patron et être offert en holocauste par le reste du personnel à chaque occasion, j'avais bien le droit de m'accorder ce petit divertissement.

J'avais donc rapidement pris l'habitude de faire mes courses sans me presser, estimant qu'il était préférable de mériter pleinement la correction qui m'attendait au laboratoire.

Toutefois, ce soir-là, j'allais bon train. J'avais beaucoup de courses en perspective, le froid me talonnait et puis il y avait aussi, dans toutes les rues, cette foule heureuse et comme électrisée dont la joie me gagnait peu à peu. Partout, encombrant les trottoirs étroits, des bandes de jeunes gens et d'enfants menaient grand tapage. Les vitrines des magasins jetaient sur cette multitude en liesse l'éclat multicolore d'innombrables ampoules électriques.

J'avais ma place dans cette joie : j'étais le petit pâtissier qui va porter dans chaque maison la bûche du réveillon.

Je ne connaissais pas grand monde dans

cette ville de Dole, mais les jeunes gens m'interpellaient :

– Alors pâtissier, ça marche ces bûches de Noël ?

Je riais. J'étais heureux. On blaguait ma toque blanche et ma corbeille.

Des enfants criaient :

« C'est Noël ! C'est Noël ! »

Et moi je trottais en répétant :

« C'est Noël ! C'est Noël ! »

Des pièces de monnaie tintaient dans ma poche. On me donnait de bons pourboires dans les maisons où j'allais livrer. Dix sous, un franc, quelquefois même deux francs. Les jours de fête, quand la joie coule partout et que c'est la saison des cadeaux, on ne regarde pas à la dépense.

De temps en temps, rue de Besançon ou rue des Arènes, je croisais un apprenti d'une autre pâtisserie et nous échangions quelques mots au passage :

– Alors, ça tombe les pourboires ?

– Ça marche. Et toi ?

Partout, même quand je quittais les artères principales pour descendre vers le canal Charles-Quint par les rues tortueuses et étroites qui vont du port jusqu'au pied du clocher, partout je sentais cette bonne humeur, cette joie bruyante qui réchauffe. Il y avait, à cette époque, un refrain en vogue que l'on entendait à chaque instant chanté ou ânonné sur un harmonica :

« Et la musique vient par ici, oua... oua...

« Puis s'en va par là... »

Je me souviens que cet air m'a poursuivi longtemps. Même après que les rues se furent vidées. Quand cette foule eut regagné les salles à manger bien chauffées et pleines d'odeurs de bonne cuisine. Longtemps, longtemps encore cet air a chanté dans ma tête. Mais, peu à peu, malgré moi, il perdait sa joie.

Bientôt ce ne furent que des paroles sans musique qui rythmaient mes pas dans les rues désertes. Il faisait plus froid maintenant. La chaleur s'en était allée avec les rêves et les chansons.

Il était neuf heures passées quand au retour d'une course qui m'avait conduit très loin sur la route de Gray, je vis que les ouvriers étaient à table. Il n'y avait plus personne au laboratoire, le travail était terminé. J'avais faim. Dans ma naïveté d'enfant j'avais espéré que la bonne humeur générale finirait par pénétrer jusqu'au cœur de cette arrière-boutique.

Je connaissais encore mal la maison.

Rompus par une journée de labeur, les ouvriers mangeaient, sans un mot, le nez dans leur assiette. La patronne et les vendeuses préparaient des plateaux de gâteaux pour le lendemain. Le patron « faisait la caisse ». Croyant mes courses terminées j'avais posé ma corbeille et pris place à table. Le patron m'observait à la dérobée tout en épinglant ses liasses de billets. Il avait le sens de la cruauté. Et moi j'ai toujours eu le sens de la gaffe. C'est inouï avec quelle facilité je vais toujours me précipiter dans la gueule du loup.

Le patron laissa le chef me servir ma soupe. Il me laissa même le temps d'y goûter. Qu'elle était bonne cette première cuillerée ! C'était le reste de la veille que l'on avait fait réchauffer (le 24 décembre les pâtissiers n'ont guère le loisir de faire de la cuisine). Mais je la trouvais meilleure que d'habitude tant l'air frais m'avait aiguisé l'appétit. Je ne devais pas la savourer bien longtemps. Se tournant vers moi avec cette espèce de grimace qui voulait être un sourire, le patron me demanda :

— Alors, l'arpète, elle est bonne la soupe ?

— Oui, m'sieur.

— Allons ! ben tant mieux ; tu la trouveras encore meilleure tout à l'heure.

Je m'étais arrêté de manger. Le patron

ricanait. Il se délectait. S'adressant aux ouvriers il prit le temps d'ironiser :

— Non, mais regardez-moi cette face d'abruti. On ne peut pas lui dire deux mots sans que monsieur prenne son air de martyr...

Puis, élevant la voix et se tournant vers moi, il poursuivit :

— Alors, tu te grouilles un peu de prendre ta corbeille, triple buse. Oui mon vieux, ça a l'air de t'étonner ? Y a pourtant pas de quoi : une bûche qu'on vient de commander par téléphone. Et pas à côté d'ici encore, à La Bedugue, tout en haut du faubourg.

Je ne parvenais pas à quitter ma chaise. À travers la buée qui montait de mon assiette, je regardais le patron. Il n'était pas beau, certes ! Mais jamais je ne l'avais trouvé si hideux. C'était une espèce d'avorton à face de singe. À quatorze ans, j'avais au moins une tête de plus que lui et je savais déjà très bien me battre. Mon père m'avait enseigné tous les secrets de la lutte libre et de la boxe française et, encore aujourd'hui, je me demande pourquoi je ne l'ai pas fait taire avec un bon coup de savate sous le menton. Pourquoi ? Probablement parce qu'à l'âge que j'avais, on ne cherche pas à comprendre. Le patron, c'est le patron.

— Mais M'sieur, j'ai faim.

Quand je vous dis que j'ai toujours eu le sens de la gaffe. C'était exactement ce qu'il ne fallait pas dire. Le patron éclata de rire. Un rire qui me donnait envie de pleurer.

— Voyez-vous ça ! Ah ! Ah ! Ah ! Monsieur a faim... Eh bien ! tête de lard, tu sauras qu'ici on mange quand on a fini son travail. Et j'ai comme une idée que ce soir t'es pas près d'avoir fini. Parce qu'en rentrant de La Bedugue, tu penseras que tu as la plonge à terminer. Allez, file ! Et tâche de te magner un peu, n'oublie pas que demain on commence à une heure du matin.

Je suis parti, le cœur gros et l'estomac vide. Je suis parti, avec ma corbeille sur la tête, faire les trois kilomètres qui me séparaient de ce faubourg de La Bedugue situé de l'autre côté du Doubs, loin, là-haut, sur la route de Lons-le-Saunier.

Les rues étaient complètement désertes. Toutes les maisons avaient des fenêtres éclairées. Des rumeurs de fête me parvenaient, des chansons, des cris. Quelques flocons minuscules sautillaient dans la lumière des lampes de la rue, mais il faisait trop froid pour que la neige se mît à tomber en abondance.

Dans le Jura, les Noëls sans neige sont assez rares, et j'ai toujours entendu dire qu'un Noël sans neige n'est pas un vrai Noël...

Je me souviens qu'en arrivant sur le grand pont j'ai posé ma corbeille sur le parapet de pierre. J'avais le sommet du crâne endolori malgré les deux mouchoirs placés dans le fond de ma coque. Je me suis reposé quelques minutes. On ne voyait pas le Doubs. Seules deux fenêtres du moulin agitaient leur reflet doré à la surface de l'eau, un peu en amont, sur la gauche.

J'ai soufflé dans mes doigts puis j'ai repris ma route.

À mesure que je m'éloignais de la ville, les maisons se faisaient plus rares, le silence plus total.

Lons-le-Saunier. J'étais sur la route de Lons-le-Saunier. Le pays où étaient mes parents. Mon père devait être couché. Ma mère devait veiller, seule, au coin de son feu. Il devait faire bon dans la petite cuisine. Ma mère devait penser à moi, certainement. C'était le premier Noël que je passais loin d'elle.

Quand on travaille, on a l'impression d'être un homme. Mais, brusquement, de me sentir seul sur cette route, seul dans cette nuit où tout m'était hostile, j'étais redevenu un enfant.

C'était mon premier Noël sans chaussures dans la cheminée.

J'ai eu envie, un instant, de jeter ma corbeille et de partir sur cette route. J'ai eu envie de tout laisser tomber : l'ignoble patron et ses bûches, la patronne cauteleuse et faussement maternelle, les ouvriers, ces pauvres types qui étaient des hommes, eux, mais qui rampaient pourtant devant le patron. Des pauvres types dont l'apathie et l'indifférence me semblaient friser la lâcheté.

J'ai continué ma route, pourtant, avec ma corbeille sur la tête.

Quand je suis entré dans la maison chaude, pleine de lumière, de joie, quand j'ai vu ce sapin de Noël tout chargé d'ampoules électriques, de boules multicolores, endiamanté de fils d'argent et d'étoiles, j'ai eu mal. Oh ! oui, j'ai eu très mal à mon cœur de gosse.

Les rires, les exclamations d'admiration devant la bûche énorme que j'apportais, les plaisanteries des gens qui ne savaient pas, qui ne pouvaient pas savoir et qu'amusait ma figure rouge sous ma toque blanche, comme j'avais mal ! Comme j'avais mal à force de retenir mes larmes.

On m'a mis dans la main plusieurs pièces de monnaie. Un beau pourboire assurément. Peut-être le plus gros de la journée, je ne sais pas. Et je suis parti. Je marchais lentement dans les rues vides. Vides de monde, vides de bruit, de chaleur, vides de vie.

Je suis parti avec au bout de mon bras ma corbeille vide, avec ma tête vide. Je suis retourné vers la ville qui luisait de mille feux, de mille petits yeux pétillants de joie. Je suis parti en pleurant, en pleurant parce que c'était Noël.

LE PÈRE NOËL
DU NOUVEAU MILLÉNAIRE

Il y a une règle que nous sommes nombreux à avoir oubliée : on change de Père Noël à chaque nouveau millénaire. Le premier est entré en fonction en l'an 0. Le deuxième en l'an 1000. Qui n'a pas croisé ce bon vieux, pas trop usé bien que sur le point de prendre sa retraite ? Aussi était-il prévu que son successeur débarque, début novembre, dans le grand Nord. Deux mois, ce n'est pas de trop pour faire l'inventaire, regarder les registres comptables et les fichiers d'adresses. D'autant qu'il faudrait aussi examiner le matériel et les locaux. Puis le nouveau partirait pour sa première tournée avec le vieux.

Lundi 1er novembre 1999 : arrivée en

trombe du remplaçant. Vêtu d'une combinai-
son matelassée rouge et coiffé d'un énorme
casque intégral de la même couleur, il che-
vauche une motoneige de quarante chevaux
dont le moteur tourne sans faire plus de bruit
que la respiration d'un bœuf de labour. Il est
8 heures du matin. L'homme frappe à la porte
de la cabane du Père Noël...

– Entrez ! Entrez ! crie joyeusement le
vieux avant de se figer, les mains sur sa grosse
poitrine :

– Seigneur ! Un monstre !

L'autre part d'un grand rire et retire son
casque en lançant :

– Pas plus monstre que toi, grand-père !

– Mais... Mais... Je... Je...

– Y'a quelque chose qui t'gêne ?

– Je... J'attendais mon successeur.

– Le voici : en chair et en os.

Le vieux se laisse tomber sur un tabouret.
« Pas possible », soupire-t-il en fixant, incré-

dule, le maigrelet qui se trouve devant lui. Visage mince, parfaitement rasé, encadré d'une tignasse noire ébouriffée qui tombe en boucles jusqu'aux épaules. « Jusqu'aux épaules, voyez-vous ça ! » murmure en lui-même le bon vieux Père Noël.

— Alors, comme ça, tu comptes prendre ma succession ?

— Hé oui, grand-père ! On était au moins trois cents à se présenter au concours et, figure-toi, j'ai été reçu premier. Ça t'en bouche un coin ?

— C'est bon, fait le vieux qui a peine à trouver ses mots. Commençons tout de suite.

— Par quoi ?

— Tri du courrier. Indispensable si tu ne veux pas être enterré avant même d'avoir commencé. Tu fais une pile pour les poupées, une autre pour les panoplies de paras, la troisième pour les chars d'assaut...

Le jeune homme a sursauté...

– Holà ! Pas question. Toutes les de-
mandes de jouets guerriers : au panier !

– Quoi ? !

– Pas question, j'te dis ! Pour ton infor-
mation : je suis anarchiste, objecteur de
conscience, antimilitariste, membre d'Am-
nesty International...

Le vieux a pâli sous sa barbe. Ses lèvres se
sont mises à remuer, mais aucun son n'en
sort. L'autre ne se gêne pas pour poursuivre :

– Avec moi, pas un seul jouet guerrier ne
sortira d'ici.

– Mais c'est ce qu'ils veulent ! Ils n'ai-
ment que ça. Les pères autant que les garçons. Les filles aussi maintenant... Tu n'auras
plus un seul client si tu distribues autre
chose. Et autre chose, quoi ?

– Ne me dis pas que tu n'as pas en réserve
quelques tracteurs, des TGV, des canots de
sauvetage, des panoplies de cuisinier ou de
fermier, des établis, des scies...

— Des scies. Ça sert aussi à trancher la gorge, fait le vieux d'une voix sombre.

Ses gros yeux noirs semblent chercher un peu de réconfort dans le regard clair du jeune remplaçant. Il tire nerveusement sur sa barbe avant de partir d'un grand éclat de rire...

— Mon pauvre petit ! Tu retardes d'un siècle. Qu'est-ce que je dis là ? Un siècle ! Le temps n'y fait rien. Puisque lorsque j'ai commencé dans ce métier, je livrais des panoplies de guerrier, des épées et tout un fourbi d'armes et d'armures.

L'autre s'est laissé choir sur un banc, comme assommé...

— Je m'en doutais un peu, finit-il par murmurer. La guerre est au cœur de l'homme depuis toujours.

On sent qu'il se retient pour ne pas pleurer.

— Pauvre p'tit gars. Tu me fais pitié, fait le vieux en rechargeant son feu. On jurerait que tu viens d'une autre planète !

177

Le gros poêle bourré de bûches jusqu'à la gueule s'est mis à ronfler.

Satisfait, le vieillard est revenu s'asseoir en face de son jeune remplaçant, qui fourrage des deux mains dans sa tignasse. Il l'observe quelques instants puis, avec un peu d'humeur, il dit :

— Tu vas commencer par arrêter de dégueulasser ma table. Pense un peu : tu es là qui te tritures la tignasse, c'est une table sur laquelle je mange, moi ! Ensuite, tu te ferais couper les cheveux, ça ne serait pas plus mal. Et il faut que je te trouve une pèlerine et une barbe blanche. C'est pas croyable qu'on t'expédie ici dans pareille tenue. Qui veux-tu qui te prenne au sérieux, habillé comme tu es ?

L'autre dresse la tête. Il pose sur la table ses longues mains aux ongles douteux et soupire :

— Vieux jeton !

Un peu dur d'oreille, le Père Noël fronce les sourcils...

– Pardon ?

Énorme effort du garçon qui tient à son emploi...

– Je dis que vous êtes trop bon.

– Ah ! Je n'avais pas compris ça.

– Cent fois trop bon avec les enfants à qui vous donnez ce qu'ils demandent sans jamais vous poser la moindre question. Mais si on continue de leur distribuer des mitrailleuses, un jour ils demanderont des bombes atomiques. C'est comme ça que la Terre risque d'exploser. Et vous aurez votre part de resp...

– Mon pauvre vieux ! Tu n'es vraiment pas dans le coup ! Des mitrailleuses, mais je livrais ça en 1914. En 1917, ça a été la mode des avions et des masques à gaz avec des boules puantes ! Aujourd'hui, ce sont des fusées à tête chercheuse et des mines antipersonnel qu'ils réclament !

179

C'en est trop pour le garçon. Il se lève d'un bloc. Plus blême que la mort.

— Ça ne va pas ? s'inquiète le vieux.

L'autre est sans voix.

— Il y a quelque chose que tu ne digères pas ?

— Quelque chose que je ne digère pas ? répète le garçon, incrédule. Quelque chose que je ne digère pas ! Ah ça oui ! La stupidité des adultes, voilà ce que je ne digère pas. La bêtise, l'aveuglement des grands : à commencer par vous !

— Ça alors ! Ça alors ! J'ai mille ans de fonction et c'est la première fois qu'on me parle sur ce ton. Personne, tu m'entends ? Personne ne m'a jamais manqué de respect.

Le Père Noël entre dans une telle colère que même sa barbe en coton hydrophile vire à l'incarnat. Un peu honteux, son remplaçant multiplie les excuses. Il lui faut tout de même, avant de commencer son travail, avoir une explication calme et franche avec celui dont il va prendre la place et dont la Terre entière lui a vanté les qualités.

– Je me suis laissé dire que vous aimez bien prendre un p'tit coup de remontant au réveil, fait-il en débouchant une bouteille de marc qu'il a couru sortir d'une des sacoches de sa motoneige. J'ai là quelque chose qui n'a pas tout à fait votre âge, mais qui ne doit pas être dégueulasse.

Le nez sur le goulot, le vieux en a les larmes aux yeux. Dès le deuxième verre, il prête une oreille plus attentive aux propos du garçon. Tous les grands pacifistes y passent. Arrivé au milieu de la bouteille, le Père Noël est convaincu. Aux trois quarts, il entonne de sa belle voix *La Butte rouge*, puis *La Capote grise*, enfin *Le Déserteur*. Ensuite, il s'endort. Profitant de son sommeil, l'autre sort tous les jouets guerriers des remises. Il en fait un énorme tas dehors et y boute le feu. Le crépitement de ce gigantesque brasier réveille l'ancien qui, après quelques instants

d'hésitation, se met à danser une gigue effré-
née. Quand le bûcher n'est plus qu'un tas de
cendres, le vieillard montre le ciel en
s'écriant :

– Regarde ! Quelle merveille... Toutes les
étincelles sont devenues des étoiles.

Le jeune homme n'est pas étonné pour
deux sous.

– Hé oui ! fait-il. Et ces étoiles forment la
constellation de la Paix. Il paraît que les Rois
mages l'avaient annoncé pour l'an 2000.
Voyez qu'ils ne s'étaient pas trompés.

Le Père Noël n'en revient pas. Il
murmure :

– Dire qu'il aura fallu deux mille ans de
guerre et des milliards de morts pour en arriver là !

– À présent, grand-père, au boulot ! Il
nous reste à faire fabriquer des millions de
jouets intelligents.

– Oui, mais moi, je prends ma retraite.

– La retraite ! Tu parles ! Je vous garde

avec moi. On va atteler ma motoneige à votre traîneau et...

— Ta motoneige à mon traîneau ! Mais pour qui tu te prends ? Je veux bien rester si tu insistes, mais comme cocher. On attelle mes rennes et c'est le vieux qui mène ! Je peux te dire que je me sens de la vigueur pour aller au moins encore mille ans. Tu te rends compte, un millénaire de paix ! Et je te préviens : c'est moi qui soigne les rennes.

L'autre reste silencieux. L'enthousiasme du vieux le comble de bonheur. Mais, pensant à tous les hommes assoiffés de pouvoir et d'argent, il se dit que ça ne sera pas facile et il contemple le ciel étoilé pour tenter de se donner du courage.

DU MÊME AUTEUR

3. Le Cœur des vivants ;
4. Les Fruits de l'hiver.
LES COLONNES DU CIEL :
1. La Saison des loups ;
2. La Lumière du lac ;
3. La Femme de guerre ;
4. Marie Bon Pain ;
5. Compagnons du Nouveau-Monde.
L'Espion aux yeux verts (nouvelles)
Le Carcajou

ALBUMS, ESSAIS

Je te cherche, vieux Rhône, *Actes Sud*
Arbres, *Berger-Levrault*
(photos J.-M. Curien).
Léonard de Vinci, *Bordas*
Le Massacre des innocents, *Robert Laffont*
Lettre à un képi blanc, *Robert Laffont*
Victoire au Mans, *Robert Laffont*
Jésus le fils du charpentier, *Robert Laffont*
Fleur de sel (photos Paul Morin), *Le Chêne*
La Saison des loups, *Claude Lefranc*
(bande dessinée par Malik).
Le Grand Voyage de Quick Beaver, *Nathan*
Les Portraits de Guillaume, *Nathan*
La Cane de Barbarie, *Seuil*
Akita, *Pocket Jeunesse*
Wang chat tigre, *Pocket Jeunesse*
La Chienne Tempête, *Pocket Jeunesse*

SUR BERNARD CLAVEL

Portrait, Marie-Claire de Coninck, *Éditions de Méyère*.
Bernard Clavel, Michel Ragon,
« Écrivains d'hier et d'aujourd'hui », *Éditions Seghers*.
Bernard Clavel, qui êtes-vous ?,
Adeline Rivard, *Éditions Pocket*.
Bernard Clavel, un homme, une œuvre,
André-Noël Boichat, *Cêtre*, Besançon.

La plupart des ouvrages de Bernard Clavel ont été repris
par des clubs et en format de poche.

*La composition de cet ouvrage
a été réalisée par Nord Compo
à Villeneuve-d'Ascq
l'impression et le brochage ont été effectués
sur presse Cameron dans les ateliers
de **Bussière Camedan Imprimeries**
à Saint-Amand-Montrond (Cher),
pour le compte des Éditions Albin Michel.*

*Achevé d'imprimer en octobre 2001.
N° d'édition : 12176. N° d'impression : 014738/4.
Dépôt légal : novembre 2001.*